—————— 阅读之前 没有真相

午夜文库

推理作家的信条

王稼骏 著

新 星 出 版 社　NEW STAR PRESS

目录

1	推理作家的信条
35	六十度的困扰
79	LOOP
109	志野的愤怒
143	我的弟弟是名侦探
167	环形犯罪

推理作家的信条

从你翻开这一页，阅读这一行文字开始，就已经成了我的共犯。

此时我的脚边，散落着最新出版的小说集，几步开外，柯布的尸体横卧在地板上，半掩的眼皮下，尚未浑浊的眼角闪着晶莹的光，浓稠的鲜血从耳洞里流出，渐渐扩散成一摊红色的水洼。

这起跨越二维空间和现实世界的杀人案，或许是我成为推理作家以来，最大胆的一次构思。

故事还要从一年前，我认识柯布的那个秋天说起。

在我二十七年的人生中，那是第一次以职业作家的身份参加活动，活动是由一家名为《诡计》的推理杂志社举办，杂志社在办公室的天台上布置了一个酒会舞台，邀请了诸多推理作家参加，而我也有幸位列其中。

到了傍晚时分，所有作家都已到齐，主编上台发表了一段欢迎词，大意是《诡计》杂志创刊仅有半年时间，借此活动熟络与作家们的关系，期望得到更多的稿件。

随后是自助式的酒会，熟络的作家们围作一团，谈笑风生，交杯换盏。我不胜酒力，端了一杯鸡尾酒，不时和身边的作家寒暄几句，别人问起我的作品时，我一说出书名，大都一脸茫然，但很快会编出几句奉承话，待他们转身离开时，或许就已经忘记我的名字了。

这也情有可原。受邀的作家中，大多是已经著作等身的名家，虽然我从没和他们见过面，但每一个人的名字都如雷贯耳。我是仅仅出版了一本出道作的新人，无人知晓也是正常。

我就好像是走进了棒球场的足球迷，无所适从，尴尬地一个人品着酒。

直到我注意到角落里有个和我一样不适应这种场合的人，这个男人就是柯布。

这是我第一次看见他，当时他穿着修身的中山装，留着利落的平头，细细的眉毛和眼睛，看起来颇为睿智。他正独自倚着墙，快速翻看着一本书。那本书黄色的书脊十分显眼，我立马认出了那是我的新书。

我重新拿了一杯酒，朝柯布走过去。他察觉到有人靠近，合起了看到一半的书，点起一支烟，略带笑意地看着我。

"这书好看吗？"我指指他手里的书问道。

"文笔不错，可惜诡计弱了点。"柯布吐出一口烟，直言不讳道。

"你还没看到结局，怎么知道诡计太弱的呢？"我有点不服气。

柯布淡定地猜出了整个故事的核心诡计，还表达了他的修改意见。看起来和我年纪相仿的他，有着不容置疑的气场，对于他略带批判性的评价，我非但没有反感，反而觉得很有道理。

"是不是每个作家都喜欢听别人对自己小说的评价？"柯布看见了我别在胸口的名牌。

我们同时笑了起来。我没有看见柯布的名牌，问道："你也是推理作家吗？"

"算是吧。"柯布朝我伸出右手，自我介绍道，"我叫柯布，是一名至今只写过一个短篇作品的推理作家。"

也许在这个天台上，他是唯一资历比我浅的作家了。

我握住他的手，客套地说道："有机会一定拜读您的大作。"

"下个月的《诡计》杂志上就会登载了，应该会比你的书好看。"

柯布认真地说道。

他说话容易招人讨厌，但我却觉得彼此还算比较投缘。后来我才知道，柯布是《诡计》杂志的责任编辑，完成了自己的短篇后，他就辞掉了编辑工作，今天才转型成为《诡计》杂志的签约作家。由于来不及制作他的名牌，所以他才没有戴名牌出席酒会。

从某种程度上来看，柯布和我是同一类人，我们对于推理小说的创作都有着执着的信念，才会辞去有着稳定收入的工作。

第一次读到柯布的作品，并不是在《诡计》杂志上。《诡计》杂志在次月就倒闭了，主编拿着签约作家的名单，收到了投资客一笔投资，卷着钱逃往大洋彼岸的美国。因为欠了印刷厂的款，最新一期的杂志无法按时完成，只得被迫停刊。我看见社交网络上，作家和编辑们纷纷讨要稿费和工资的帖子，才知道这件事，当时我早就把柯布那篇作品抛诸脑后了，比起小说里的那些诡计，网络上对《诡计》杂志各式各样的爆料才更有趣。

我做梦也没想到，柯布会亲自拿着稿子来我家找我。我给《诡计》杂志社留过寄样刊的地址，他一定是从那儿得到了我的家庭住址。仅有一面之缘，我并不觉得和柯布的关系已经到了可以登门拜访的程度，况且柯布的性格并没有让我感觉是很热络的那种。

但既然客人来了，我也不能拒之门外，闭门写作的日子也稍显枯燥，有个同行聊聊天也不错。

"打扰了。想到你等着看我的作品，就冒昧前来了。"柯布将布满黑字的稿纸推给了我。

我装作饶有兴致的样子，当场读了起来。柯布的这个短篇讲述了一起密室杀人事件，全文的亮点在结局对于密室的多重解答上，诡计的设计算得上是十年一遇了。我读完之后，才明白他在酒会上对我说的话，并没有自我吹捧的意思。

小说的结局令我大跌眼镜，而我读完以后的反应似乎早在柯布的预料之中，还没等我开口夸赞，他就先问我："为什么你前半部分看得比后半部分慢很多？"

我吃惊地看了看柯布，他保持着礼貌性的微笑，可掩饰不住由内而外散发出的自信。他具备了名侦探一般的敏锐观察力，才会注意到这个细节。

说句大实话，柯布的这篇作品并不太好读，诡计非常有新意，设置也十分巧妙，却总有种故弄玄虚的感觉，文笔就像小学生水平，读到一半的时候我差点儿就放弃了。

"我觉得诡计不错，文笔稍微弱了点。"我想起了柯布之前对我的客观评价，现学现卖套用了一下。

"不瞒你说，要不是我自己行使编辑的权力，这篇小说都轮不到在《诡计》上稿的资格。"

"《诡计》停刊了，你可以再试试别的杂志。"

柯布摇摇头说："这几天我给所有推理杂志投了稿，得到的都是相同的退稿回复。"

话题变得沉重起来。作家这份职业除了忍受写作时的孤独，屡次投稿的挫败感也是必然的心理考验，这是我全职写作一个月以来最深刻的体会。就在一个小时之前，我的新书被一家知名出版社毙了稿。

柯布用眼睛扫了扫我身后的白墙，墙上挂着一张东野圭吾的海报，是我辞职那天贴上去的。

"你想不想成为畅销作家？"柯布突然问。

"我只想写出好看的作品。"被他这么一问，我也不知怎么回答才好。

"要是你的作品都没办法让人看到,再好看也只是自娱自乐罢了,根本称不上是作家。"

"一直努力写下去,一定会成功的。"我嘴上这么说,心里其实也没底,很多曾经有过作家梦的朋友,都被现实打败,乖乖地成了上班族中的一员。

"如果我可以帮你实现梦想呢?"柯布投来热切的目光。

对他的话我充满怀疑,以他的写作水准,距离畅销书作家相去甚远,又要怎么来帮助我呢?

柯布继续道:"我们可以合作,你的文笔搭配上我的诡计,就能写出很棒的作品。"

"就像埃勒里·奎因那样?"

"奎因?"柯布好像并不知道这个名字。

"奎因是一对表兄弟联合创作的笔名。"

"我们不用联合写作,小说还是由你来执笔,我只负责提供核心诡计给你。"柯布从口袋里拿出来一本红色的笔记本,说道,"这里面有我平时记下来的诡计构思,只要你愿意合作,可以拿去写在你的小说里,我会随时帮你完善诡计构思的部分。"

我重新审视起柯布的那部短篇来,假如让我润色重写的话,一定会是篇优秀的小说。

"你这么做是为什么?"我问柯布。

"如果你写出来的作品大卖,我要拿走一成的稿费。"

这条件听起来在我的接受范围之内,推理小说的内核就是诡计本身,他提供了最重要的核心内容,就算拿走一半的稿费也不过分。

"不过,我还有一个条件。"柯布说,"你的作品必须用笔名发表。"

"可我没有笔名。"我一直是用自己的名字发表小说。

"那就起一个新的笔名。"

"叫什么？"

"在你和我的名字里各取一个字，就叫柯施。"

我不知道柯布究竟是出于何种目的，但总觉得他另有企图。更何况要让我放弃自己的名字来写作，是我无法接受的条件，所以我婉言拒绝了柯布。

"你好好考虑一下，我敢保证这是一次成名的机会。"柯布略显失望，临走前留下了他的手机号码，意味深长地对我说道。

接下来的两个月里，我就像中了魔咒一样，新完成的小说被所有投稿的出版社退了稿，在一次次退稿的过程中，成为职业作家的雄心被渐渐消磨殆尽。我有时候意志消沉，就会悲观地觉得自己只是一个九流的写手罢了，凭一时兴趣写的小说，却误会自己可以靠写作维生。

最后一个退我稿的编辑，向我普及了一个出版界的马太效应，当一本书不能在最短的时间内出版，情况就会变得越来越差，因为所有的编辑都会知道一个作品无法出版的作者名字。

我决定从作品本身寻找问题，拿出了第一本书重读。距离第一本书完成已经过去了将近一年，可能是自己有了提升，现在读以前的作品，自己也觉得许多地方还可以改进。

我想起了柯布的那个短篇，为那个被他浪费的诡计可惜。我突然冒出一个想法，想要重写一遍他的小说。

那是一篇密室杀人的推理小说，我拆分了那篇小说的结构，把人物都替换成了我第一本书里的主角，故事情节也做了调整，唯一保留的只有那条密室的核心诡计。

重新创作的短篇完成以后，我把小说发给了那位"马太"编辑。

第二天，我接到了编辑的电话。

"施祥，你昨天发来的作品太棒了，算是我今年看到最棒的小说了，尤其是那个密室的诡计，你是怎么想到的！"她的声音听起来有点激动。

编辑对诡计赞不绝口，对于我的人物和角色只字未提。

"这么写能出版吗？"

编辑咂了咂嘴："出版是没问题，可惜你这篇字数短了点。"

"我可以再写新的，组一本短篇集。"我提议道。

"那你抓紧吧，争取这个月就签约。"

依照一本书的字数来计算，我至少还要写三个短篇，留给我的时间很短，我马上开始写新的小说。

没想到，当我把第二篇交到"马太"编辑手里时，她显得很失望，说和上一篇的差距太大。

我问她该如何修改，她的建议是重新写过。

截稿日迫在眉睫，我心里一直有一个不愿去触及的想法，尽管心不甘情不愿，我还是用手机给柯布打了电话。

"喂？哪位？"柯布的声音听起来有点疲累。

"我是施祥，你还记得我吗？"

"哦。当然记得。"柯布的声音一下子精神了起来，"怎么？你决定和我合作了？"

"嗯。我觉得你上次说的方法可行，要不我们试试看？"

柯布沉默了几秒钟，我听见话筒里有人在喊他取药。一阵脚步声后，传来柯布冷静下来的声音：

"你打算什么时候开始？"

"越快越好。"

"那你明天来我家吧。"

柯布用短信给我发来了他家的地址，说他上午有事，时间约在了下午四点。

查了下地图，柯布家离我家并不算远，大约十分钟的车程。我知道那片都是老旧的公房，好像正在拆迁中。我担心地方不太好找，第二天提早了半个小时出发。

因为拆迁的缘故，周围的居民搬走了一大半，街边的路灯耷拉着灯泡，走到哪里都是成堆的建筑垃圾，几只瘦骨嶙峋的流浪猫在废墟上翻寻着食物，迎面吹来的风都带着一股子酸臭味。搬走的住户家都被拆了个精光，空洞的窗户和门洞堵上了砖头，红色的宣传横幅拉得到处都是。这地方看起来治安不太好，剩下没搬走的人家都为自己家的窗户安装了防盗栏杆。

做钉子户的人，应该也很难弄吧。我揣摩着柯布的性格脾气，他会来主动找我合作，本身就有违他的做派。

柯布住在六层楼房的二楼，这栋楼里大约还有一半的住户，四点不到，厨房里就有人忙活开了。柯布家不难找，是唯一没有安装防盗栏杆的人家。

"你来得还真准时。"给我开门的柯布说道。他身上穿着笔挺的中山装，鞋子沾着新的污泥，应该也是刚出门回来不久，连衣服都没来得及换。

柯布的客厅简直像一个尚未开业的图书馆，整整两面墙的书架上塞满了书，椅子、地板、写字台上到处堆着书，其中绝大多数都是推理小说，还有一部分是最新上市的畅销书。柯布把一摞书挪到了地上，腾出一把空椅子，搬到了写字台前。

"有点乱，别介意。"柯布招呼我坐下。

"看来平时没什么人来你家串门。"

"我也不常在家。"

我看见乱七八糟的写字台上,摆着他记录构思的红色笔记本,旁边是全套的埃勒里·奎因探案集,其中一本看到一半,反扣在桌子上。

"才开始看奎因呀。"

柯布没有回答,递给我一瓶水,自己一屁股坐到了沙发的书堆里。

"想清楚了吧。"柯布呵呵笑了笑。

有些尴尬的我拧开盖子一口气灌下半瓶水。

"放心,你只要把我的诡计写出来,保准你会成功的。"

"条件不变吧。"我再次确认。

"只要你没问题,我们现在就可以开始了。"柯布毫无保留地打开了那本红色的笔记本。

"先等一下。"我阻止道,拿出了事先准备好的合同,"我们先君子后小人,还是签一份书面协议吧。"

柯布抿了抿嘴,爽快地在合同上签了字,双方各执一份。

我心里的顾虑全都落了地,放心地打开了柯布的笔记本。本子上的字体很娟秀,整齐地写着一个个奇思妙想的诡计,我仿佛发现了推理世界的宝藏,里面的构思简直令人难以置信。我如饥似渴地反复阅读着,直到天黑,柯布一直都享受地坐在一边看着我。

"这些都是你想出来的?"我问。

"不然呢?"

"你居然想了这么多?"我还是不信。

柯布指着书架上的书说:"总不见得是我抄了吧。"

"真的可以随便用吗?"

"当然。只要笔名用柯施就行了。"

这是个看起来对我有百利而无一害的合作。在看完了柯布的所有构思之后，我的创作欲望在内心喷薄而出。

我们俩约定每个星期四的晚上，在柯布家讨论和完善作品。我会和他分享我每周的写作成果。柯布不允许我带走他的笔记本，每次让我写完一篇后，再详细讨论下一篇。起初我还以为是他有所保留，不过后来发现，柯布还会继续往本子上添加新的构想。

就这样，我和柯布开始用"柯施"这个笔名进行联合创作。柯布不要功名，他不允许我向编辑提及他的事情。在出版社编辑的眼里，柯施只是我施祥一个人的笔名。

三个月后，最新的小说顺利出版上架，在网络上引起了读者热烈的讨论，销量蒸蒸日上，不到一个月的时间就加印了两次。

我带着这个好消息和稿费去找柯布。

这次碰头地点约在了一家咖啡馆，咖啡馆门前的道路正在修缮，弄得我新鞋上都是泥。对于不熟悉的环境，我总是会提前半小时抵达。

走进咖啡馆后，我看见柯布正在窗边的位子上奋笔疾书，像是在写小说。还没到约定的时间，我索性找了个座位，暗中观察柯布，本来我就对他请求合作的动机有所怀疑，他提了这么低的要求也实在不合常理。

柯布写一会儿，不时抬头往窗外望。我顺着他的目光看去，窗外并没有什么，除了开挖路面的机器和工人，只有第一人民医院威严耸立的大楼。

差不多到了约定时间，柯布收起纸笔，让服务员往他已经冷却的茶杯里加点热水。

我掐准时间走了过去，将准备好的稿费信封拿给他。柯布收下钱，仔细数了数，问我想喝点什么。我一直观察着他的表情，他似乎刻意在隐瞒着自己写作的事。对于我新书的销售情况柯布表现得漠不关心，他说他在出版之前就看过全文，心里有谱，自信这本书可以畅销。

柯布和"马太"编辑一样，开始催问我什么时候动笔写下一本书。柯布甚至替我选好了下一本书的诡计。

有了第一本书的磨合，第二本书我和柯布的合作可谓是驾轻就熟，柯布就像我写作上的顾问和助手，帮助我完成重要部分的构思，以及对于核心诡计的编排。柯布拿着很少的钱，却替我分担了最重要的工作，并且完成得相当好。

新书陆续登上月销量的前十名，出版社为我安排了全国巡回签售，我开始在各地城市之间来回奔波，留在家里的时间越来越短。签售期间我无暇顾及新书的构思，索性就让柯布替我完成所有的前期工作，而我只要依照柯布给我的构思将小说写下来就好。这样的写作让我变得很轻松，可以花更多的精力在签售会上和读者面对面交流。

我甚至怀疑，以柯布的能力，不至于把他的处女作写成那种水准。

我变得越来越有名，新书一上架就会变成热门推荐，出版社不遗余力地大力宣传，使得我更加繁忙了。我反复温习着开场白，将每一本书的重点都背了出来，这些全是每周四晚上柯布替我准备的。

我的收入相较之前有了大幅度的提升。我把原本破烂的房子装修一新，将墙上偶像的照片也收了起来，取而代之的是一排书架，上面将会摆满我的书。我正一步一步实现自己的梦想，虽然这一本本书上作者名都是柯施，并不是我一个人的作品，但我却可以独享成功的喜悦。

直到有一天，有一位女读者在签售会上向我提出了一个问题。

"柯施老师，您新书中的诡计是怎么想到的？"女读者戴着帽子，尖尖的下巴显得整张脸很小，她推了推鼻梁上的眼镜，镜片后的双眼闪着睿智的光芒。

"是在洗澡时候突发的灵感。"我从容应道。我不是第一次回答这样的问题了。

"两年前我曾经在网上看见过一模一样的诡计,老师您是不是也看过那个帖子?"

"我不上网。"我竭力露出微笑,但我猜我当时一定笑得很难看。

"那老师您可以去看一下哦。不过就算是撞车,我还是觉得您写得更好。"

"下一个问题吧。"我保持克制,朝她下压着手掌,示意她坐下,生怕她当着所有人的面把网站名字说出来。

主持人拿走了女读者的话筒,她朝我鞠了一躬,我看见她做了一个"谢谢"的口型,但是没发出声音。

签售会结束后,我特意关注了一下那位女读者,她并没有和其他人一样排队等候签字,而是压低了帽檐,独自离开了活动现场。

回家以后,我打开电脑,在搜索引擎输入了诡计的关键字,一条索引中看见了相同的诡计。那是个两年前的帖子,并没有引起太广泛的讨论,回复人数也只有区区三个,我注意到发帖人的ID叫keshi2015,keshi是柯施的拼音,帖子正是二〇一五年发布的。

这个网站的首页全是关于我新书的内容,网友们全是围绕故事核心诡计展开的讨论,而关于文笔等其他方面则鲜少有人提及。

我意识到一个很严重的问题,如果离开了柯布,我的小说还会有人喜欢吗?柯布和我的合作会不会是一个陷阱?笔名是各取了我们俩名字中的一个字,但沿用了柯布的姓,假设柯布早有预谋,柯施或许就是他的本名,他用一个抄袭来的诡计,可以随时揭发我抄袭诡计的行为。如果有了这样的污点,写作圈内就没有我的立足之地了。

没准柯布正等着这一刻的到来。他或许会突然在我的发布会上站起来，大声宣布柯施其实就是他本人。

按捺不住内心不安的我，好不容易熬到了每周约定的周四，我提前去往了柯布家。

今天是元宵节，庞大的出游人流和车流，加重了城市的交通负荷，能看见满大街的警察在维持秩序，生怕发生事故导致交通全面瘫痪。

而柯布家这片，和外面车水马龙的景象截然相反，晚上八点多已是一片萧瑟，只有零星楼房内亮起的灯光，才能勉强帮我看清脚下的路。

来到楼下，我抬头发现柯布家没有拉窗帘，灯也是关着的，看来他不在家。

我索性坐在楼梯上等他。漆黑的楼道里，我的手机忽然亮了起来，是出版社的"马太"编辑来电。

"施祥，我忙了一天来不及告诉你，你的新书今天已经上市了。"编辑的声音很疲惫。

"已经可以买到了吗？"

"嗯。书店都已经有售了。"编辑说，"老规矩，一周以后举办签售活动，你提前准备一下。对了，这本书还有个惊喜给你。"

"什么惊喜？"

"我先卖个关子。"

"不说算了！"我正要挂电话，编辑冷不防问道："你现在在哪儿，你那边听起来很空旷的感觉？"寂静的楼道里的回声让编辑听了出来。

"我在家里上洗手间呢。"不知道为什么，我对她撒了谎。

"马太"编辑也没有怀疑，再次提醒了我下周签售活动的具体时间后挂断了电话。

楼下响起了皮鞋声,一团光晕朝我靠近。柯布举着手机拾级而上,黑暗中他的脸看起来有一点恐怖。

柯布看见我虽感意外,但还是保持一如往常的平静,掏出钥匙打开门,开了客厅里的灯,边往屋子里走边问我:"今天怎么来得这么早?"

"遇到点事情,想来找你了。"

"进来吧。"

到了亮处,我发现一周不见的柯布面色很差,黑眼圈很深,两侧脸颊凹陷得很明显,像是熬了几个通宵没睡觉,有时候在冲刺完成一本书的时候,我也会有这样的状态。

自从《诡计》杂志停刊以后,我就不知道柯布的正职工作是什么了。可不知为何,我会被他取代的担忧正一天天在心中放大。

他的屋子比先前乱了很多,乱七八糟的书堆得到处都是。走在客厅里,一不小心就容易踢倒一堆。

柯布从外面带回来一个袋子。他从里面拿出一本书,我一眼就认出那是自己一贯黄色封面的新书。

"刚在书店看到就买回来了。"柯布将袋子往桌子上一放,开始拆新书的透明塑封纸。他翻开书,先看作者名字一栏,然后直接翻到了结尾处,快速地扫了几页,面无表情地找出一支钢笔,对我说:"老规矩,帮我签个名吧。"

我接过笔,龙飞凤舞地签上了柯施两个字,把书还给了他。

柯布把新书插进了书架。他在书架的下面整理了一格专门放我的签名书,书架最显眼的位置摆着东野圭吾的全集。

柯布点起一支烟,在写字台上如山一般的书堆里,找出了玻璃烟灰缸。

"柯布,我想和你谈一谈。"我正色道。

"正好,我也有事想和你说。"柯布吸了口烟,用食指弹了弹烟灰,郑重地对我说,"我们的合作到此为止吧。"

我还没来得及问他有关诡计的事情,听到这句话,我愣在了原地。

"是因为钱的缘故吗?你想要多少可以跟我提要求。"

"不是这个原因。"柯布摇摇头,"你不用再来找我了,剩下的那些钱也不需要给我了。"

"柯施这个名字呢?"

"任你处置。"柯布随意地说道,他好像一下子失去了对这件事的耐心。

柯布突然退出让我措手不及,我还来不及说那个帖子的事情。

"怎么突然要这样?我一点准备都没有。"

"很抱歉。我现在不想和你谈这个。"柯布有点不耐烦地说道,他捏着双眼之间的穴位,疲态尽显。

"下一本新书我们都完成一半了,你现在说不干就不干,新书怎么办呀?"我质问道。

柯布用布满血丝的眼睛看着我:"你可以自己继续写下去啊。你觉得读者心目中的柯施到底是你还是我?"

我咽了口口水,鼓了鼓勇气,终于对他说出我心中一直有的疑惑:"柯施这个名字,该不会是你的本名吧。"

柯布愣了几秒钟,听出了我话里的意思,淡淡地说:"是你的名字,谁也拿不走。不是你的名字,随时都可以被人拿走。"

"既然这样,把你的笔记本给我。"

"这不可能。"柯布断然拒绝了我。

"既然你这么看轻名利,为什么不能成全我?最好的诡计一定要用最好的故事和文笔来呈现,这才是对推理小说最大的尊重。"

柯布用手指敲击了两下我的书:"你现在也算跻身著名作家的行列了,应该去写一些属于你一个人的作品。"

"再帮我一次吧。写完最后一本书,我再也不找你了。"我忍气吞声地求道。

"我再说一遍。"柯布在烟灰缸里摁灭了烟头,一字一顿地说道,"我们的合作结束了。"

"和出版社的合同都签了,要是不按时交稿,出版社的损失都会算在我的头上,违约金会让我破产的。"

"那是你自己的事。"

"柯施是你和我两个人的,如果你不肯出面帮我,就把笔记本给我,你留着也没用。"

柯布叹了口气:"有了笔记本你也不是柯施,你还是写你自己的小说吧。"

"把笔记本给我。"我朝柯布走近一步。

柯布从袋子里拿出笔记本,打算锁进写字台的抽屉里。

我猛地冲上去抓住本子,猝不及防的柯布迅速调整姿势,一用力,把本子连同我一起拉了过去。我身体失去平衡,重重地摔在地板上,撞翻了写字台上的书,一本本书劈头盖脸砸下来,我瞬间就被埋在了书堆里。

柯布毫不留情的举动令我恼火。我站起身,朝他怒道:"长期以来,你就是把我当成你的枪手,帮你完成你没有能力写完的小说,什么不要名不要钱,都是在跟我胡扯,那时候忽悠我用柯施这个笔名,没准你的真名就叫柯施,现在小说已经卖座了,是不是正在盘算怎么一脚踢开我?"

"你说得没错。我只是找个人来帮我写故事罢了。"

我彻底被柯布激怒了:"你再说一遍!"

"你已经走火入魔,我看你不配用'柯施'这个名字了。"柯布冷冷道。

这也是他说的最后一句话。

我顺手抄起了写字台上的玻璃烟灰缸,挥向他的太阳穴,一记重击。我听见骨头裂开的声音,手指被震得捏不住烟灰缸,脱了手的烟灰缸砸中旁边的书堆,清脆地落了地。因为有书堆的缓冲,烟灰缸没有碎,烟头飞了出去,飘了一地的烟灰。

一秒钟后,也许不到一秒钟,柯布像慢镜头一样在我面前倒下,直挺挺地像个橱窗里的假人,躺在地上一动不动。

屋子里寂静无声,我的血液从脑部回流,整个人慢慢冷静下来,意识到自己闯了大祸。

我走向窗边,漆黑一片的窗外,只有一轮明月高高悬在空中,它清楚地目睹了这屋子里发生的一切。

柯布双手弯曲在脑袋两侧,耳洞里流出的血,慢慢浸润了他的手掌,微睁的眼睛仿佛在注视着我。

我轻声叫了几声柯布,地上的他毫无反应。我记起写作时学到的知识,测了测柯布的脉搏,指尖感受不到一丝动静。他的瞳孔也开始变得涣散,就算叫救护车也没用了。他应该已经没救了。

我一屁股坐在地上,用力咬着自己的膝盖,喉咙变得莫名干燥。虽然在小说中一直描写凶案的场面,但面对一具真实的尸体,它所散发出来的恐怖气息,还是令我阵阵作呕。

我从一名作家,成了一个杀人凶手!

脑海中开始浮现警察铐起我的手,拎着装有烟灰缸的证物袋举在我面前,向我确认凶器无误后,将我押上警车的画面。我会被关在逼仄的看守所里,睡在潮湿硌人的地板上,等待着法官对我的死刑宣判。闻讯而来的媒体会把这件事大炒特炒,我的书将创下销售纪录,越来越多的人会读我的推理小说,可我却看不到这一幕。

不,今天不该是我的死期,下周我还有签售会呢。

我不想让这样的事情发生,本来就没有人知道柯施的名字背后还有另一个人的存在。假如我伪造柯布的死,没准可以救自己一命。

我起身拂下柯布的眼皮,让他闭起眼睛,被一个死人这样看着太惊悚了。我把窗帘拉了起来,开始构思我的计划。

就像写一篇推理小说,我给出一道谜题,让自己来破解它。

已知条件是男性死者,身高约一米八,体重约七十五公斤,头部受到重击致死。现场留有血迹、凶器以及大量我的指纹,并没有太多搏斗的痕迹,这么块动迁中的区域,应该也找不到目击证人。

柯布的体重让我首先排除了移尸丢尸的想法,分尸更是想都别想了。既然不能从尸体着手,那就从现场入手。从柯布邻居家都安装了防盗窗来看,这片治安的情况并不好,柯布家是唯一没有安装防盗窗的住户,发生一起入室抢劫杀人案,逻辑上没有任何问题。

顺着这个假设继续往下走,有一个小偷,经过踩点后选中了柯布家下手,趁着柯布不在家的时候,从大门进入了屋子行窃。我用钥匙圈上指甲刀的锉刀,在门锁孔上来来回回弄出好多条划痕。

小偷进了家以后,开始翻找值钱的财物,我用袖子包住手掌,一边擦拭指纹,一边翻箱倒柜地把东西都翻出来。柯布一个单身汉,除了那些推理小说,他的私人物品少得可怜,几乎有一半的衣柜是空的。我没有找到证件之类的东西,到底柯施是不是他的真名还不得而知,我找到了我们签署的那份合同，对折塞进了口袋里。柯布的经济状况不算很好，家具都很破旧，家里的现金只有几十块钱，想找几件值钱的东西带走，发现最值钱的就是他给我签名的那支名牌钢笔，就装在他今天拎回来的袋子里。那个袋子里还有一套医院的病服，病服套着洗衣袋，应该是从医院带回家里洗的。

就在小偷准备离开之际，柯布正好回家撞见，小偷拿家里的烟灰缸偷袭了柯布后逃逸。我洗干净烟灰缸里的烟灰后，再将烟灰缸蘸了蘸柯布的血，摆到了原位，然后把家里的烟头也捡走了。

最后我从写字台的抽屉里，取走了柯布的笔记本，虚掩着门，带着"赃物"和证据，离开了柯布家。

拐出这片破败的居住区，我决定步行回家，以免在公共交通上留下踪迹。走在街道上，大口呼吸户外的新鲜空气，人清爽了不少。刚才在屋子里的事情，就像小说里的情节一样，感觉是那么虚幻，那么不真实。

我分好几堆废墟扔掉了从现场清理下来的垃圾，撕碎的合同丢进了下水道，几十块的现金我塞进自己皮夹里。至于那支钢笔，我打算拆成几段再扔，摸到笔身上刻着什么字，没有灯光的路上我看不清上面的内容，于是我打算用手机上的电筒照亮一点看，可是我发现我的手机不见了。

我暂时把笔插在了笔记本上，打算带回家再说。我摸遍了口袋，怎么也找不到手机了。我努力回想丢在哪里，在等柯布的时候我还接过编辑的电话，所以一定是进了柯布家之后才丢的，可我现在记不清楚了。

只能沿着原路返回。我低头仔细搜寻着地面，去了刚才扔垃圾的废墟，都没有看见手机的踪迹。这地方黑灯瞎火，几乎没什么过路人，不太会被人捡到。那么只剩下一种可能性了，手机被我落在了柯布家里。

如果我的手机被警察发现，那再怎么解释也没用。现场的伪造也就失败了，柯施其实是两个人的事情也会瞒不住。

逼不得已，只能折回柯布家，希望能尽快找到手机。

一路没有遇到任何人，房门还是和我走的时候一样虚掩着。我轻轻拉开门，家里的灯光泄到了楼道里，担心有邻居经过，我赶紧把门合拢起来，只留了一小条缝。

被我弄乱的屋子里，书本散落得到处都是，不夸张地说，连地板都看不见了。我刚才踩过废墟的鞋底有点脏，以免留下脚印，我脱掉鞋子走进屋里。踩在一本本推理小说上，柯布的尸体被包围其中，这看上去更像是哪部推理剧的布景。

当我将注意力重新放在寻找手机上的时候，我意识到一个巨大的难题，我要怎么才能在几百本推理小说里找到我的手机？

我瞄了一眼柯布的尸体，不知是不是心理作用，他的姿势和我离开的时候有些不一样。我谨慎地走近他，地上的血迹表明并没有移动过的痕迹，我舒了一口气。

猛然间，我想起了我那本新书，从地上的书堆里找出了书，庆幸自己又折了回来，差一点就留下了重要的证据。

安静的屋子里突然响起了手机铃声，我差点儿被吓出心脏病来。

就在柯布的手边，他的手机屏幕亮了。

半小时后，窗外红蓝色的警灯闪烁，一位穿着制服的警察出现在柯布家门口。这位警察年纪不大，看起来像警校刚毕业的样子，皮肤黝黑，强壮的肱二头肌就快撑爆制服的袖管了。

他让我等候在门边，自己谨慎地挪动脚步，慢慢走进屋子，蹲在柯布尸体旁，确认了柯布的死亡后，通过对讲机向调度总台说明了情况。

"是你报的案吗？"年轻警察用带着外地口音的普通话问我。

"是我。"

"你和死者什么关系？"

"哦，死者以前是我的编辑。"

"你是作家？"

我点点头，正要开口回答，我身后有人突然说话了：

"准确来说，是个推理作家。"

警察好奇道："沈括，你怎么知道的？"

叫沈括的年轻人从黑暗中走出来，一张白皙的脸和这位警察形成鲜明的反差，他的耳朵里塞着耳机，似乎正在收听广播节目。

他告诉警察："满屋子都是推理小说，这位死者一定是这类文学的编辑，那么只有推理作家才会来找他。"

"你还看推理小说啊。我怎么不知道。"

"读书的时候看了不少。"

警察看起来和这位叫沈括的很熟，沈括穿着便服，样子不像个警察。

"这位是？"我忍不住问警察。

警察忙向我解释道："我叫项北，是这片辖区的民警，本来我现在已经下班了，接到你的报警电话，我们辖区里人手不够，大家都出去维持节日的交通秩序了，所以就派我来了。我这位朋友正好等我下班，就跟着一起来了。"

"项北，你通知刑警了吗？"沈括站在门口问。

"他们正堵在路上呢。"

"比赛可马上就要开始了。"沈括朝他的耳机指了指。

他们俩可能是约了一起去看比赛，结果我的报警电话耽误了他们。

"很明显是入室偷窃，被屋主发现后临时起了杀意，用烟灰缸砸死了死者后逃逸。"项北指了指地上沾血的烟灰缸说。

我布置的现场成功误导了项北，只要有了这样的论断，让警察去找一个不存在的盗窃杀人犯，我就安全了。

站在门口叫沈括的青年，弯腰检查着门锁，我听见他嘀咕了一句："奇怪呀。"

"怎么了？"我不禁问他道。

"有一个地方不是很明白，你能跟我说一下发现尸体时是什么情况吗？"沈括摘下一边的耳机问我。

"沈括，你别闹啊！你又不是警察，别瞎问。"项北制止了沈括，走到我跟前，整了整警帽，重复了一遍沈括的话，"你还是把发现尸体的经过跟我说一下吧。"

沈括没有说话，重新戴上了耳机，踮起脚尖往尸体的方向张望着。

我耐心地把事先准备好的词对项北说了一遍："我在家接到柯布的电话，没等我说话他就挂断了，我回拨过来一直无人接听。我担心他有什么重要的事情找我，就过来找他。我一到门口发现屋子里亮着灯，门也没关，觉得有点不对劲，推门进来就看到现在这个样子。我发现柯布的时候他已经死了。"

听完我的话，这位叫项北的警察似懂非懂地点点头，转头又去问他朋友："沈括，你觉得哪儿奇怪了呀？"

沈括竖起一根手指，示意我们都别出声："嘘——你们听。"

我绷紧了神经，聆听着屋子里的动静。

"唉！还是输了。"过了一分钟，沈括懊丧地摇着头摘下两边的耳机，对项北说道。

原来是耳机中播报的比赛，他们支持的一方输了。

"快说说你觉得哪里奇怪？"项北瞪着沈括追问道。

"知道啦。"沈括恢复了认真的表情，问我道，"你进来的时候，灯就是这么亮着的？"

我想了想，说："屋子原来什么样子，现在就什么样子，我什么都没动。"

沈括用指关节敲了敲门锁："小偷应该是撬门进的屋子，依照报案的时间来算，小偷进入屋子的时间在八点四十分左右，说明他认为当时家里没人，那么家里的灯应该是关着的才对。看死者的穿着不像是在睡觉的样子，反倒像是刚从外面回来，连外套都来不及脱就被袭击了。但这里就产生了一个悖论，屋子里的灯到底是谁开的。如果是小偷开的灯，那么柯布到家的时候就应该有所察觉，不可能一点没防备地被偷袭。如果是柯布到家时开的灯，他居然见到家里光顾了小偷后，还有心思拆了一本新买的书，连报警电话都不打。"

"你怎么知道死者买了书？"项北问。

"看见在尸体旁边那团塑料包装纸了吗？"沈括说。

"这么乱的房间，也有可能是以前拆的。"

"这是不一样的包装纸，今天书店贴了新书上市的宣传海报，那本书黄色的封面辨识度很高，我就特意看了看介绍，那本书的出版社别有新意地在塑封薄膜上印了水印。"

"水印？"

"到我这个位置来看。"沈括将他所站的位置让给了我和项北。

我们俩弯下腰，这个稍低的角度，正好可以看见灯光反射在包装纸上。我眯眼努力看清上面印的字，包装纸上的水印居然是我的名字，哦，不，是我的笔名。原来"马太"编辑说新书给我的惊喜就是这个呀！

"这本书今天下午才能在书店买到，最重要的是，包装纸被压在了其他书下面。被害人买了书是晚上才回到家，说明这个现场很可能是伪造的，这其实是一起谋杀案！"

"谋杀？"项北叫了起来。

"嗯。凶手应该和被害人认识，两个人有了矛盾，很可能是和这本新书有关，否则被害人没必要要当着凶手的面拆新书。凶手用烟灰缸砸了被害人的头，然后伪装了这么一个入室抢劫的现场，故意把屋子搞得这么乱，包装纸被压在书堆下面就是最好的证据。你说呢，柯施先生？"

沈括冷不防叫出了我的笔名，矛头直指向我，我和项北不约而同都吃了一惊。

"你认识我？"我的印象中，从来没有见过沈括。

"我看过你的处女作，那时候你还用施祥的名字。算得上是你的老读者了吧。"沈括轻松地笑道，"虽然我们没有见过面，不过我在宣传海报上见过你的照片。"

"我是第一次看见作家，还是推理作家。"项北给了沈括一个白眼，"难怪你在现场这么冷静，多亏了你保护现场，等刑警队的人来了，一采集指纹脚印，凶手很快就会抓住的。"

相比起沈括，这位叫项北的年轻警察单纯了许多。我看了看手机上的时间，问："大概还要我在这里等多久？我还要准备下周签售会的事情。"我边说边靠近项北，尽量和沈括保持一段距离。

"快了！快了！"项北用对讲机又呼叫了两遍。

"大作家，你对我刚才的推理有什么想说的吗？"沈括不依不饶地追着我。

"你想说什么?"我怒视着他。

"我只是想问问你和被害人有没有什么过节?"

"你是在怀疑我吗?"我提高了音量,如果这个时候不做出很生气的样子,一定加重自己的嫌疑。

气氛变得有点尴尬。看得出项北想说些什么缓和下气氛,他嗫嚅了两下嘴唇,也不知说什么好。

柯布的手机再度响起,算是为我解了围。我们三个人站在门口听着响个不停的手机铃声,终于项北忍不住了,他十指交叉紧了紧手套,走到尸体旁边拿起了电话。

"喂,是柯布先生吗?"项北打开了免提,我们都能听见是一个女人的声音。

"抱歉,他现在不方便接电话,您是哪位?我可以代为转告。"

"我是第一人民医院的医生,麻烦您告诉柯布先生一下,他妹妹柯施的死亡证明已经开好了,让他明天来医院一趟吧,还有他的许多书在病房里,记得带个箱子来装书。"

之后的对话我都没有听进去,"柯施"这个名字在我耳边盘旋,我的笔名居然是柯布妹妹的名字,他果然是早有预谋。我不由摸了摸口袋里的笔记本,好在柯布和他妹妹都已经死了,不会有人知道那些诡计是柯布想的了。从今往后,笔记本里的素材够我的余生所用了。

"果然打过电话。"沈括看见柯布手机上有我的通话记录,显得很失望,一个人喃喃自语道,"为什么要打这个电话呢?"

项北猜测道:"可能是被害人被烟灰缸砸中之后,并没有马上死亡,就用手机拨通了作家先生的电话求助,结果他没有撑到电话接通。"

"照你所说,电话应该会接通,这通未接来电是因为呼叫方没等对方应答就挂断了,被害人临死前没必要挂断求救的电话。"

"没准是误操作。"

"不可能。"沈括斩钉截铁地说道,"你把手机放在光线下仔细看,手机屏幕擦得很干净,上面唯独只有拨号的几个指纹印,被害人是特意从通讯录里找到了作家先生的电话求助的,不可能是误拨。"

"指纹会不会是凶手的?"项北端详着手机屏幕问沈括。

"指纹是被害人的。你看还留在书架上的那些书,凶手擦指纹时碰到了,才让它们倾斜的角度都一样,凶手打扫过现场,不会留下指纹的。"

"可被害人为什么偏偏要打给作家先生呢?"

我装作没听见,直视前方。我已经不想和沈括再有过多的交谈,否则我真怕自己一不小心就露出马脚来。

"如果我知道原因,就可以抓住凶手了。"沈括垂下眼睑,深陷的眼窝变成了两块黑色的阴影,我看不清他的眼睛。

大批警力和救护车终于赶到了,专门负责刑事案件的警察进入现场,将我们三个人带下楼,分别坐上了三辆警车。我看见沈括和负责指挥的一名警官耳语着什么,随后他朝我挥手道别,而后钻进了另一辆警车里。

假如沈括真是我的读者,我应该为自己能有这么聪明的读者而感到骄傲。

在警车里,我又录了一遍口供,警察让我在口供书的右下角签了名,向我道谢后准许我回家了。

"有没有水?"我向警察讨了一瓶水,口干舌燥的我一口气喝完了整瓶水。

警车上的电子屏显示已经过了晚上十一点,我抬头仰望二楼的窗户,那是楼里唯一的光源,走进走出的警察在对现场进行着仔细的勘查,几百本推理小说的书海,一定给他们增加了不小的工作量。这一次,我在没有柯布的帮助下完成了布局。比起天马行空的诡计,让推理小说中幻想出来的犯罪成真,而后让自己成功脱罪,不才是最厉害的吗?

决定性的证据是那本有我签名的新书,它证明我曾经和柯布见过面。我会将它带到下周的签售会上,送给某一位读者,当新书一本本被拆封,我会卖力地签出更多的书,只要多一个人拿到我的亲笔签名,警察找到它的可能性就又小了一点。我的读者们,帮助我一点一点掩埋掉罪证,他们都将成为我的共犯。

柯布你看到了吗?我才是真正的推理小说家——柯施。

一个星期之后的签售会上,我努力用柯布的钢笔签出和那晚一模一样的字迹,那本书作为本次签售会的奖品,将在最后提问环节送给读者。

忽然,聚焦在我身上的闪光灯转向了大门,一队刑警出现在了签售会现场,他们从人群中朝我走来,领头的队长在我面前抖开一张逮捕令。

他威严地对我宣布道:"施祥先生,你涉嫌一起故意杀人案,现在请你跟我们走一趟。"

我将手头最后的一本书签完,停下了手中正在签字的钢笔,笔杆上能隐约看见刻着"keshi"的拼音。

我顺从地举起双手,我想,我短暂的职业作家生涯应该结束了吧。

我很配合警察的工作,对自己的罪行供认不讳,跟推理小说中的罪犯比起来,我实在无法承受住犯罪之后巨大的心理压力。每天晚上睡觉的时候，我挥舞烟灰缸的那一幕，都会无数次地在脑海中重播。

柯布的笔记本到手后，我一次也没有翻开过，在惴惴不安中，我开始自我否定，自我质疑，甚至失去了用柯施这个名字写作的动力。我想去了解柯布妹妹的事情，却又害怕暴露自己的动机，只得放弃这个打算。

我没有自首的勇气，期望被捕的这一天快点到来，这惶惶不可终日的一周实在太过煎熬，我后悔亲手毁掉了决定性的证据。现在被捕的我反倒感觉前所未有的轻松，心中的疑惑也可以直截了当地问警察。

我自白了在柯布家发生的所有事情，帮我录口供的警察整整写了三页纸，就好像用我的构思写出了一个推理短篇，这或许就是柯布每次看见我新书出版时的心情吧。警察最后让我签字压了手印，就像是在给自己的书签名一样。

"你等着，你想见的人马上就到了。"录口供的警察抱着案卷走出了审讯室。

在我坦白所有事情之前，我提了一个小要求，希望可以见一面项北和沈括，尤其是那个沈括。警察也颇为人性化地答应了我的条件，通知了他们俩。

项北如约而至，今天的他穿了紧身的便服，手里还拿着一本我的新书。我朝他身后张望，空无一人。

项北轻轻合上了门："别看了，沈括今天有比赛来不了，他托我找你在书上签个名。"

沈括买的并不是我的新书，而是我的第一本书，这本书印数不高，已经早就断了货，他应该是在刚出版的时候买的。我翻开扉页，原本想签"柯施"，可转念一想，还是生疏地签下"施祥"两个字。

"哈！沈括就猜你会签施祥。"项北眯着眼说。

"你的朋友是做什么工作的？"

"他是业余棋手，勉强算一个我的顾问吧。"

原来那天他在听的是围棋比赛。

项北是个很有表现欲的人，他说沈括是他的顾问无非是在抬高自己的地位，我也就不跟他绕圈子了，直截了当道："我想见你们，主要原因是想问，沈括怎么知道人是我杀的？"作为一个推理作家，我的好奇心比平常人更重。

项北坐在我对面的椅子上，换了个舒适的姿势，双手抱在头后，说道："他说他一开始就知道你是凶手了。"

"他是怎么知道的？"

"书架上，你的书都放在低处，却全部被摔到了地上，相反，在顺手位置的名家合集，却只是被匆匆翻乱了一下，没有被扔在地上，照理说小偷应该会先从顺手位置的书架开始翻起，只有非常喜欢这位名家的人才不舍将它弄脏弄乱吧。"

那是日本著名推理作家东野圭吾的签名本，我原本想要偷走它们，可是签名的寄语上写了柯施的名字。

"果然，还是露出了破绽。"我垂下头苦笑起来，原以为自己的诡计天衣无缝，结果遇到沈括这么个行家就被轻易识破了。

"沈括迟迟没有想通两点：一是你没必要出现在现场，为什么偏偏要充当一个发现尸体的人，这样反而增加嫌疑，作为推理作家的你不会不清楚这点；二就是为什么被害人临死之前要给是凶手的你打电话。结果他想了三天，跑来告诉了我最终的答案，这两点其实是为了同一个原因，你是迫不得已才这样做的。

"你的手机丢了。你一定是伪装完现场后，发现自己的手机不见了，你找了半天还是找不到，这时有一个很好的办法可以帮你找到手机——那就是用被害人的手机拨打你自己的手机。循着铃声你顺利找到了你的手机，但是这样做会留下通话记录，你害怕警方会去调查柯布手机的后台记录，所以你就假装接到了这通电话才赶来发现尸体的，好让通话记录变得自然。"

"我真该为有这么聪明的读者鼓掌。"我拍了两下手。

"还有一件事，沈括希望你也能知道。"项北的表情变得凝重起来。

"什么事？"

"关于被害人妹妹，你应该知道吧。她的名字和你的笔名是一样的，都叫柯施。她在一个星期前，因病在医院过世了。沈括去过医院，了解到柯施患有白血病，住院治疗已经有两年了，住院的无聊时间她就爱看推理小说，她的哥哥买了很多很多的推理小说给她读，久而久之，柯施有了自己执笔写推理小说的念头。听医院的护士说，他妹妹会在一本红色笔记本上记录下自己的一些诡计构思，她的梦想就是和她读过的那些小说作者一样，成为一位推理作家。她写了第一个短篇小说交给哥哥去投稿，却迟迟没有下文。"

我想起柯布那篇文笔幼稚的短篇小说了，原来是他妹妹写的，钢笔是她用来记录构思用的。那个 keshi2015 的网名，是她在写这篇小说前注册的。她应该是想听听网友们的意见，可惜没有人关注她。

项北接着说："被害人很快就意识到，以他妹妹的水准距离出版尚有很大的难度，但是妹妹积累起来的构思越来越多，被害人就替她进行了整理，想到找一个作家来帮助妹妹圆梦的办法。"

我这才恍然大悟，原来柯布是让我用他妹妹的构思和名字去创作，让他妹妹可以看见自己的书出版，实现她成为推理作家的梦想。因为他妹妹住在封闭的医院里不能外出，所以外面世界有一个大红大紫的作家柯施也无所谓，只要她不知道就行了。柯布要和我取消合作的那晚,是因为他妹妹刚刚去世,我用柯施这个名字写作,对他来说也失去了意义。当时柯布心里一定很难过吧。我竟然在那个时候砸死了他。

"原来还是做了别人的枪手。"我自嘲道。

"作家先生,并不是这样。"项北正色道,"八个月前,被害人的妹妹病情开始恶化,是你写出一本又一本书,在精神上为她鼓劲加油,才让她的生命延续了八个月。我想那位柯布先生,之所以选择了你作为合作对象,也是因为你的文字打动了他吧。并不是每个人都可以成为推理作家,作家也是需要天赋的。"

"对了,被害人的手机里,有一张他妹妹传给他的照片。"

项北打开手机调出了照片。那是一张自拍照,一个戴着帽子和眼镜的女孩在镜头前比着剪刀手,咧嘴开怀地笑着,背景正是我的现场签售会,照片的角落里打着水印:keshi2015。

一股暖流几乎破膛而出。我强忍眼泪,最终还是无法抑制泪水打湿我的脸颊。

我狠狠地攥紧了那只握过烟灰缸的手,整个身子像糠筛一样抖了起来。

六十度的困扰 ————

1

我在掌心打起丰富的泡沫，龙头里的水有点凉，我拧大了热水。

电视台播报着实时的天气预报，刚才外面那场突如其来的雷阵雨，令人始料不及，这样阴晴不定的天气一如这座城市古怪的气质，让人难以捉摸。

从冰箱里取出一瓶牛奶，我走到巨大的书柜面前，书柜上塞满了我私人珍藏的推理小说，我盘算着这个闲暇的午后应该找一本什么类型的推理小说来读。失恋和失业的双重打击之下，我反倒有了难得的休闲时光。

门铃响了一下，紧接着又粗鲁地响了好几下。

打开门，一个浑身湿透的快递员站在我的门垫上。他身材高大，宽松的工作服让他的动作看起来有点笨拙，发梢不停地滴着水，他却顾不得擦上一下。快递员从背包里抽出一只薄薄的信封，看了眼单据上收件人一栏，问我："是苏陌吗？"

没等我回答，他就迫不及待地递来笔，让我签收。

手里拿着牛奶瓶不太方便，我让快递员帮忙拿一下，他不情愿地伸出左手接过瓶子，我惊奇地发现他的左手食指少了一截。

沾了水的缘故，笔尖在单据上怎么也写不出字来。我抽了几张纸巾，刚想拿来吸干单据上的水，突然察觉到来自快递员的目光，于是我把纸巾递给了他，以友善的态度说道："擦擦你的头发吧。"

快递员胡乱地抹了把湿漉漉的头发，随手将糊作一团的纸巾丢在了楼道里。

我皱着眉，以最快的速度完成了签名。快递员不耐烦地把牛奶瓶还给了我，撕下回执，匆忙地完成了他这一单的生意。

直到听不见他下楼的脚步声，我才迈出房门，用干净的纸巾包裹起楼道里的那团废纸，丢进了家里的垃圾筒。

这小小的不快并没有影响我拆信的好心情。刚才看到信封上的寄件人姓名，我就大概猜出里面是什么了。

——笔友的来信。

自从我在《诡计》上刊登征笔友信息开始，半年以来，还是第一次有人给我写信。

《诡计》是现今最为畅销的推理杂志，除了精彩的推理小说和评论之外，《诡计》最具卖点和争议的栏目叫作《大推理家》。《大推理家》以现实中的恶性案件为素材，提供第一手的数据，供推理爱好者们进行分析推理。假如有出类拔萃的逻辑分析，杂志社还会提供给警方作为参考，一旦有读者的推演和破案的真相一致，杂志社更是有高额的奖金作为奖励。

最新一期《大推理家》的热点讨论话题，正是轰动整座桐城的连环奸杀案。

迄今为止已经有四名年轻女性惨遭毒手，被害人均在自己家中遭受性侵犯，被利器割喉，无一幸免。

由于这几起连环奸杀案都发生在我住所的附近，所以我格外留心案情的发展，再加之《诡计》上公布了一些警方提供的细节线索，相较于其他人对于四起案件的情况，我有了更为翔实的了解，这也让我成为《大推理家》栏目中讨论的积极分子。

第一起案件发生在大约半年前，三月第三个星期一的上午，加油站的女职工鲍小双刚下夜班,换下工作服急匆匆赶路,希望抢在早点摊打烊前买一点豆浆油条当早餐。凶手也许就是在这个时候开始尾随她,一路跟踪到鲍小双的家里,强行进入屋子。凶手殴打鲍小双迫使她就范,这一点从布满伤痕的尸体上可以看出。凶手在对被害人实施性侵之后,双手扼颈将其残忍地杀死在床上。

到此为止,这起案件与普通的奸杀案无异,但之后公布的现场细节,却让人毛骨悚然。尸体的上衣被推至双乳之上,裤子被扒至膝盖处,刀伤足有二十六处,凶手还切下被害人的双手,带离了现场。凶手从厨房和洗手间拿来了洗洁精和洗发膏,混合之后倒入被害人下体,并且用湿拖把破坏了屋子里所有的脚印。因为是工作日的上午,左邻右舍都没有人在,只有楼上一位退休在家的老人,隐约听见女性的呼喊声,老人误以为是叫卖的小贩吆喝,当时并没有在意。警察根据老人提供的时间节点,推断被害人的死亡时间约在上午十点十五分至十一点十五分之间。凶手犯案之后从容离开现场,还吃掉了鲍小双买回家的那份早餐。因为被害人是独居的女性,尸体直到案发后的第三天才被人发现。加油站的工作排班是四天一个循环,一天日班,一天夜班,休息两天,鲍小双于三月十六日遇害,当日和次日都是休息,日班那天她没有去上班,加油站的组长打了她的手机,却联络不上,以为是生病了,于是下班后到她的家里拜访。组长敲了半天门,也不见有人开门,正准备离开的时候,就好像冥冥中注定一样,屋子里的手机恰巧这时响了起来,铃声透过门缝,被组长听见了。对于生活在现代都市的年轻人来说,不随身携带手机几乎难以生存。于是组长再度敲门后仍无人应答,便选择了报警。

警察强行破门而入后,发现了令人震惊的现场。这也拉开了这场恶魔连环奸杀案的序幕。

一周以后，凶手再度犯案。

三月二十五日，二十八岁的护士夏冰在家中遇害，凶手在她下班回家开门的时候闯入。尸体的上衣被推至双乳之上，裤子被扒至脚踝处，尸体上的伤口比上一名被害人的更多，凶手切下的是被害人的左耳。因为这次被害人奋起反抗，不幸被凶手割喉身亡，气管和动脉被割断，死后还遭到了奸尸。这次案发时间邻近傍晚时分，邻居主妇听见了家具碰撞的动静，从阳台上发现天还没黑夏冰家里却一反常态拉起了窗帘。邻居主妇探出头，听见夏冰家里的电视机打开了，便关心地叫唤夏冰的名字，询问需不需要帮忙。夏冰的屋子里有人回答了一句：我没事。虽然声音有种说不出的奇怪感觉，但主妇也没有多想，忙着回厨房做饭。事后想起来，主妇不由起了一身鸡皮疙瘩，那一句"我没事"的回答，是凶手躲在窗帘后面捏着鼻子说的，那时主妇和这名杀人如麻的恶魔仅一墙之隔。夏冰家的电视机开了一夜，隔壁女主人神经衰弱，被细微的噪声折磨了一整晚，第二天一早就去敲门，发现屋子的门虽然关着，可是没有反锁，主妇压下门把手走了进去。房间里电视机的声音很大，主妇没留神脚下，一不小心滑倒在了地板上。浓烈的血腥味扑鼻而来，她撑在地板上的双手沾满了鲜血，从未见过如此血腥场面的主妇，连从地上站起来的力气都没有，想要惊声尖叫，却不得不强忍喉咙里的翻涌，连滚带爬跑回家，用电话报了警。不知是凶手刻意布置了现场，还是惊恐的主妇破坏了现场，第二起命案可供警察追查的线索相较第一起少之又少。

不到两周的时间，第三起案件接踵而至。四月七日星期二，一个阴雨绵绵的晚上，大三女学生戴莺在她租住的公寓里遇害。凶手事先对被害人戴莺做了细致的调查。戴莺的遇害时间约在晚上七点至八点之间。八点的时候与戴莺合租的室友回到家里，她每天打工回家的时间都是八点左右。室友发现所有的灯都开着，于是到戴莺的房间敲门，看到了她全身赤裸，被刺杀后遭受性侵的尸体。凶手很清楚戴莺室友的作息时间，赶在八点前匆忙离开，所以戴莺的尸体并没有遭到疯狂的破坏，而且凶手第一次犯下错误，在尸体旁边遗落了一只手套。警察对手套进行了化验，发现上面有第二名受害者夏冰的血迹，遂将本案定性为系列奸杀案。据室友回忆，在她上楼梯的时候，与一个穿着雨披的男人擦肩而过，男人脚步很急，整个人笼罩在雨披的阴影之中。让室友感到奇怪的是他的雨披是干的，室友还特意回头看了一眼他的背影。

警察认为这个男人有重大作案嫌疑，于是调阅监控录像，展开了排查。可凶手巧妙地避开了戴莺公寓附近的监控摄像头，消失在朦胧的雨夜之中。侦破再度陷入困境。

这次并不顺利的作案，让凶手有所收敛。他暂时停了手，就仿佛躲避着猎人的猛兽，蛰伏在黑暗中，直到再也难以抑制身体里邪恶的灵魂，才会不顾被抓的风险，也要品尝嗜血的滋味，直到落入猎人的陷阱方肯罢手。

当新闻热点渐渐从这起连环奸杀案上转移，凶手就好像刻意要敲打健忘的媒体一般，只停歇了不到半年，今年的九月二十二日，第四起奸杀案发生了。

也就是距离现在一周，上周的星期五，酒店服务员葛以琳在自己生日当天于家中遇害。几乎是与前面三起如出一辙的手法，只是凶手变得更加冷静利落。葛以琳被凶手割喉后奸尸，上衣纽扣完全解开，胸罩被推至双乳之上，裤子被扒至脚踝处，奸尸后凶手发泄般地在尸体上留下了三十七处刀伤。被害人头皮被切除一小块，不知所踪。

关于第四起案件的详细情况，最新一期的《诡计》杂志又有了新的讨论，所以才会有笔友来信与我交流。电视上的女主播正用不带任何感情色彩的语气念着稿子，这些线索早已烂熟于胸，我用遥控器调低了电视音量，抖开来自笔友的信纸，信中落款人名叫——守雄，名字很特别，显然只是个化名。

与其说守雄写来的是一封书信，不如说是一份报告说明，在来信的开头，是一行粗黑的字体——《桐城连环奸杀案之我的推理》。

我心头一沉，加紧读了下去……

2

来信者守雄没有客套的寒暄，从信的第一行就直奔主题，反驳我在《大推理家》栏目上提出的观点。守雄字里行间言辞激烈，却有理有据。他提出一个大胆的假设，围绕凶手的身份展开了一系列的推理。

为了方便阅读，我精简了一下信件的主要内容，让它尽量不带有我与守雄辩论的敌对情绪，能够用客观的眼光来判断这个有趣的推理。

四名被害人居住的地方都位于我家附近，距离桐城的长途汽车站不远，地理位置并不算偏僻，人流量大，很难针对某一个人进行盯梢跟踪。凶手挑选下手对象的时候，并不是随机的，而是有他独特的方式。以此为出发点，守雄认为这名连环杀人恶魔是一名美发师，所有的被害人都曾经光顾过他的美发店，继而成为他的目标。女人做头发的时间通常比较长，凶手可以通过闲聊获取被害人的生活状况，例如职业、是否独居等他想要的信息。四起命案发生的时间并不固定，没有规律可循，说明凶手要么是无业人员，要么工作时间较为自由。美发店通常晚上生意比较好，白天则相对宽松，这一点符合凶手的作案时间，让他有充足的时间去跟踪被害人，摸清被害人家里的环境，所以每一次都可以从容不迫地进入犯罪现场。美发师还有一点符合凶手的特征，理发使用剪刀、剃刀之类的工具，凶手正好用来作胁迫被害人和破坏尸体的凶器。有美发师这个职业作为掩护，就算被人发现，随身携带的凶器也很容易蒙混过关。还有很重要的一点，凶手残暴地破坏了尸体，离开现场的时候身上肯定会沾染血迹，然而没有在现场附近的街道上被任何人发现，擅长变换造型和伪装不正是美发师的特长吗？

虽说是在毫无证据的情况下做出的推理，但不失为一个好的调查方向。守雄的逻辑分析能力很强，对常人不太注意的细节有着很敏感的嗅觉，四起案件的情况守雄也是如数家珍。

我不禁有点怀疑起守雄的身份来了。

首先，整封信是打印出来的，虽说现在打印机不是什么稀罕玩意儿，但普通家庭还是很少会有打印机，像这样满是血淋淋字眼的案件分析，拿去公共场所打印也多少有点怪怪的。哪怕落款的名字，也不是亲笔写的，有刻意想要隐瞒自己笔迹的嫌疑。

从信中我读出一种特殊的视角，仿佛每当命案发生时，守雄就在现场看着凶手折磨被害人，目睹命案的过程。守雄所关注的焦点，与《诡计》杂志上大多数读者不同，对于被害人并没有抱很大的兴趣，而是反复围绕凶手本身展开推理，就好像和凶手熟识一样。

而最引起我怀疑的一点，是信件的署名——守雄。如果将它倒过来念，是"凶手"的谐音。守雄已经知道了我的地址和姓名，假如他就是杀人恶魔，那么上门来干掉独居的我应该轻而易举吧。我不由为自己的处境感到深深的担忧，可转念一想，如果凶手想要杀我，为什么还要寄信给我呢？不等于是在提醒我要多加提防？《大推理家》栏目上那么多读者参与讨论，又为什么偏偏选上我？

左思右想，问题可能出在我对于凶手的那番推理上，主观臆断的推理招致守雄的不满，他才写来了这封信。与其说是讨论，倒不如说是守雄完完全全推翻了我的推理。

在凶手职业这点上，我和守雄就有了根本的分歧。我觉得凶手应该是一名快递员，四个案发地点相距都不远，正好在一名快递员的活动半径内，快递员可供自由安排的时间很多。穿着快递工作服让被害人开门，就像刚才送来这封信的快递员敲开我家门一样轻而易举，喜欢年轻女性的凶手，应该不会把我列入目标范围之内吧。快递员每天都背着装快件的包，可以用来藏凶器和从尸体上切下的部分。黑色的工作服和包，就算沾上了血迹，走在路上也不是很显眼，这身装扮进出被害人的住所，比起守雄假设的美发师更加隐蔽，一个行色匆匆的快递员反而显得自然。

凶手并不是随机挑选被害人，在这一点上我和守雄的看法是一致的。每一位被害人可能都在凶手手里收发过快递，这对于摸清被害人的生活规律、家里什么时候有人、是否独居等情况有极大的便利。通过盯梢、跟踪这样的方式来追踪被害人，总会有露出马脚的时候，可至今没有人见过凶手，从侧面证实了这个观点。

在第三起案件中，被害人的室友看见了一个穿雨披的背影，通常下雨天行人都是打伞的，只有骑车的人才会准备雨披，显然快递员比美发师更符合这个特点。

基于在这个细节上守雄无法自圆其说的状况，我在回信中展开了激烈的反击。

在之后的两个星期里，我和守雄书信来往频繁，双方各执一词，谁也说服不了谁。

直到有一天，守雄突然要约我面谈。

守雄的收信地址都是邮政信箱，根本没有地址可循，但这次的来信中守雄写了一个地址，和我约定了第二天的午后，在他家里见面。信中被加粗的那句狂妄的话，是让我毫不犹豫就决定赴约的原因。

来见识一下决定性的证据，让你知道自己的推理是多么愚蠢。

3

次日，我在镜子前一丝不苟地整理了头发，干净的白衬衫领口格外显眼。确认几次自己的造型之后，我提了一个大包，这才放心地出门了。

就像去见一个宿敌，在每个方面都不能落于下风，准备了一晚上的辩论素材，我信心满满。看到守雄的地址才发现，他住得离我并不远，或者说他也住在案发的区域内。

临近十月，虽说已是入秋的季节，可午后的阳光还是有一点毒辣。我解开领口的纽扣，想要透透气。所幸守雄住得很近，步行了十五分钟左右，经过一片热闹的菜场，就到了信上所写的地址。

这是一座十二层高的公寓楼，从外表来看已经有些年头了，密密麻麻的晾衣架包裹着整座公寓楼，想必入住率很高。

公寓楼的大门上，镶嵌着褪色的铜字——福赐公寓。守雄住在福赐公寓的七楼，我走进电梯，负责操作电梯的工作人员礼貌地向我问好，替我按下了按钮，电梯门缓缓闭合，发出吱吱呀呀的机械声。电梯开始慢慢吞吞地爬升。

楼真是够老的，就和电梯里的这位工作人员一样老！电梯操作工是很早以前设立的岗位，很多新建的公寓早已改由乘客自助操作电梯。而这座公寓却保留下来了，操作电梯的是一位上了岁数的妇女，她坐在狭窄的电梯间里,眯着眼睛,看起来眼神不是很好,不过她对电梯的按钮了如指掌,在按钮面板前的靠椅上熟练操作着。

一声清脆的提示音响过,我来到了七楼。走出电梯,两边都是锈迹斑斑的铁门,来到走廊里倒数第二间,就是七○四室了。

安静的走廊让我有点紧张。把刚才解开的领口纽扣系了起来,深吸了一口气,我这才按下了门框上的黑色按钮。

隔着门板就能听见门铃的音乐,可门铃的电量不是很足,音量逐渐变轻,调子也完全走了音。

我又按了一下,这次索性不出声了。

什么破玩意儿!我抬手用指关节用力地敲门。震动让门框上龟裂的油漆碎屑纷纷剥落,全都落在了我的皮鞋上。

住在这样穷酸的地方,难怪说话会如此尖酸让人讨厌了。我把包拷到了肩膀上,脚抵在脏兮兮的走廊墙上,把皮鞋里里外外擦干净,但鞋侧走线的缝隙里,白色的粉末擦不干净。我有点恼火,迟迟不见有人开门,朝七○四室的房门发泄式地踹了一脚,准备离开。

几片油漆簌簌落下,门敞开了三十厘米的空隙。

我误以为是守雄来开门了,可喊了几声没有动静,我探头往门里张望,发现家里没有人,门好像也没有上锁,所以我才可以踹开。我推不动门,低头发现原来是有好多信封卡住了下面的门缝。抽出几封,发现大多数都是水电费的催缴单。

走廊吹来一阵风,门随着惯性慢悠悠地开了,整个屋子在我面前一览无余。

看了那么多本推理小说,这样的场景似曾相识,我有种不太好的预感。

果不其然,面前的景象出乎我的预料,让我大为震惊。

顺着地上凌乱的红色液体望去，一具尸体躺在地上，从腿上的黑色长筒丝袜来看，应该是一个女人。与此同时，我听见屋子内一阵急促的脚步声，以及打开窗户的声音。

我双腿开始微微颤抖起来，站在原地迈不动步子，有一种恐惧想从身体里迸发出来，可喉咙像被湿毛巾堵上了一样，发不出一丁点的声音。

我脑子一片混沌，使尽浑身力气跑向电梯，不停地按着下楼的按钮，眼睛却不受控制般地时不时看向七〇四室，光线从房间里洒进走廊，门前那片地格外明亮，我能看见浮尘毫无规则地在空气中飘荡。

电梯这才从一楼慢悠悠地开始上升，二楼、三楼、四楼……电梯显示屏上的数字在不停变大。

突然，我有了一个特别的念头。

这个念头让我改变了想法，返身折了回去。在电梯门"叮"的一声打开时，我已经走进了七〇四室，从里面关上了门。

背靠着门板，听见那部电梯嘈杂的关门声响过后，我才长长舒了口气。

血腥的气味刺激着我的鼻子，脑子也比刚才清醒多了。我不敢正眼看尸体，尽量避开地上的血脚印，查看屋子里的基本情况。这是一间单身公寓，房门进来是一个七八平方米的客厅，客厅的左边是厨房，右边是卧室和洗手间。屋子里设备还算齐全，可除了家具，几乎没有什么摆设，床上空空如也，像是长久没人住过的样子。血脚印一路延伸到卧室。卧室的窗户大开，随风轻摆的窗帘看起来鼓鼓囊囊的。

窗帘后面有人？

会是杀死客厅里那个女人的凶手吗？可刚才明明听见有人跳窗逃跑的啊？

我注意着窗帘下边有没有脚露出来，慢慢靠近窗帘，揪住一角猛地拉开。

没有人躲在后面。虚惊一场，是我自己吓自己。

窗帘后的窗台上面，有一只淡淡的红色脚印，看来凶手是从这里逃走了。

确认了屋子里没有其他人之后，问题来了，地上的女尸是谁？会不会就是这里的主人呢？那为什么守雄约我到这里来呢？这会不会是他杀人栽赃给我的一个陷阱呢？

我靠近窗边，楼下的菜场正处在午后的闲时，老板们整理着店铺，准备迎接傍晚下班时间的那波客人。要进入这栋楼，菜场是必经之路，我盯了一会儿，既看不见警察的身影，也听不见警笛声，当然，疑似凶手样子的美发师和快递员也没有出现过。

我将注意力重新集中到屋子内，仔细看着地上的女尸。她的喉咙被切开了一条很大的口子，伤口旁的组织卷向两边，血还没完全凝固，尸体也还有温度。凶手出手狠辣，一刀毙命。尸体身上除了这个伤口以外，没有别的伤口了，屋子里的血都是从脖子里冒出来的。

其实在门口第一眼瞥见尸体的时候，我就有一种感觉，她是被奸杀恶魔杀害的。

工作日的下午，单身女性回家时被尾随杀害，还没等凶手来得及奸尸，我却突然出现在门口。凶手肯定没料到我的造访，这是被害人作息时间上的一个例外情况。在我敲门的时候，凶手刚刚下手，来不及锁门，于是跳窗逃跑，没有时间做任何伪装的工作，留下了第一现场。

假如我的推理是正确的，那么女尸就是守雄本人？

她竟然是个女人！

从守雄来信的语气和措辞，无论如何都想不到她会是一个年轻的女人，很难想象她这样年纪的女人，对连环奸杀案有如此浓厚的兴趣。

她信里说有决定性的证据，会不会因此招致杀身之祸，而被奸杀恶魔盯上了呢？

想到这里，我开始搜尸体的身。衣服口袋里除了手帕之外，什么能够证明尸体身份的东西都没有。但我发现尸体右肩以下的袖管空空如也，她的整条右手臂不见了。

右肩上的伤口不是新的，关节处一个肉粉色的圆圈，皱褶的皮肤显得毛毛糙糙，看皮肤的颜色应该截肢才没多久。这就能够解释得通为什么守雄的每封信都是打印的了，并不是刻意隐藏笔迹，而是她根本没办法写字。

渐渐理清了事情的来龙去脉，我终于开始办正事了。让我转念返回这间屋子的原因并不是这具尸体，而是我突发奇想的一个计划。

我在《诡计》上所发表的推理，是基于快递员为嫌疑人的观点，一旦我的推理和案情全部吻合，那将是一夜成名的大好机会。

凶手还没有完成的步骤，就由我来代劳吧。

上衣和胸罩推至双乳之上；她穿的是连体丝袜，我费了九牛二虎之力才褪到了膝盖处，这样马马虎虎也弄得差不多，我就不往下推丝袜了。才做完这第一步，我就已经气喘吁吁了。

我从自己的包里拿出了围兜和剪刀，套上围兜后，我举着剪刀准备对尸体下手，每一次杀人后凶手都会精神错乱般的胡乱捅上几十刀。可哪怕是面对没有呼吸的尸体，我也实在没办法说服自己下手，毕竟我还没有疯狂到这种程度。

还是先清理现场吧。我放弃了破坏尸体的念头，反正凶手没有侵犯尸体，可以让这起案件看起来有点特别，是凶手未完成的犯罪。

在厨房里只找到了半瓶洗洁精，第一次犯案时凶手混合了洗洁精和洗发膏清理现场，可这屋子里没有洗发膏，想必凶手也是就地取材，我也不讲究这些细节，就用洗洁精清理了尸体和现场。脚印、指纹、血迹都被我弄得一团糟，空气里满是洗洁精的香橙味。

最后，我走进洗手间，拧开热水龙头，洗干净我手上的血迹和气味。

水龙头的水压很大，瞬间冲在手上的水柱有点刺痛。我呆呆地在洗手盆里摊开双手，我望着镜子里那个神情惊慌眉头紧锁的人。

我意识到自己遇上了一点点小麻烦，反复拧了几次龙头，最终关上了它。我一边盘算着如何解决小麻烦，一边从洗手间里倒退着出来，清理自己留在地面上的痕迹。

合上包，收拾好自己的工具，我审视整个屋子还有没有被忽视的地方，这里看起来就和资料上形容的命案现场一模一样。

十五分钟后，我离开了现场。乘坐电梯，和开电梯的工作人员——那位眯着眼的中年妇女没有任何交流。出了公寓楼低头穿过菜场，我总觉得休憩中的慵懒老板们，都在聚精会神地注意着我，似乎整个世界只有我引人注目。我有点体会到凶手选择在白天行凶，是需要有多么强大的一颗心脏呀！

我先回到家里，洗漱更衣，将从现场带回来的所有东西装进一个袋子。我出门沿着最热闹的街道，每隔一个路口便扔掉袋子里的一件物品，直到东西全部扔光。我转进没有监控摄像头的小路，找了间公共电话亭，按下报警电话号码，待线路接通，故意压低声音说道：

"喂！我要报案！福赐公寓七〇四室里有一具女尸，你们快派警察去看看吧！"

不等接线员说话，我利落地挂掉了电话，擦掉指纹，回到了人潮汹涌的大街上，为了确保警察追查不到我的身上，来回倒腾了两趟公共汽车，直到天黑才回到家。

4

第二天，电视里的新闻大肆报道了第五起连环奸杀案，我开着洗手间的门，听着记者对死者的阐述：完全赤裸的尸体，没有同伴的单身女性，这些耳熟能详的案情耳朵都快听出老茧来了，普通的观众又怎么能分辨出其中的不同之处呢？

唯独特殊的一点就是守雄是残疾人。

用热水洗的手，发白的指腹有点浮肿，再搓下去皮就快破了，可我总觉得洗不干净昨天沾在手上的血迹。

找不到杯子，索性就对着瓶子喝了两口牛奶，我望着电视屏幕发呆，电话机上显示的时间已是上午十一点，迟迟没有响起的电话让我有点焦急，难道是我昨天那一点点小麻烦露出了马脚吗？

昨天报的案，警察肯定早就抵达现场了，我留在现场的那些东西，应该很快就可以让他们锁定嫌疑人了。

电视紧急插播一条重要新闻，警方正式宣布逮捕桐城连环奸杀案的凶手，不过并没有公布嫌疑人的姓名。

不出我所料，凶手已经落网。与警方有合作的《诡计》杂志社肯定在第一时间获知了这个消息，一旦他们发现案情完全如我所料，我发表在《诡计》上的推理，一定会成为杂志社炒作的热点，借此来推动杂志的销量。

电话响起，想必《诡计》杂志社记起我的价值来了，我扬名立万的时候到了！

调低电视音量,我接起电话。

"苏陌吗?"电话那头很嘈杂,听起来是在马路上打的,是一个粗鲁的声音。

"您是哪位?"

"我是快递!有你的信,现在家里有人吗?"对方语气很不耐烦。

"哦……我现在在家里……"

"那我现在上来!"电话瞬间就挂断了。

不到一分钟,就有人敲我的门了,这快递员上楼的速度未免也太快了吧!

我一开门,外面竟然站着一位穿西装的男人。

男人大约三十五岁的样子,留着漂亮的鬓角,身上淡淡的香水味。他看见我的时候一愣,但很快恢复了脸上的笑容。他笑起来很迷人,右边脸颊上有两个酒窝,一排洁白如雪的牙齿,是我见过最整齐的牙齿了。他朝我晃了晃印着银色"警官证"三个字的黑色证件问道:"你是苏湘宁吗?"

"是的。"我点点头道。

能喊出我的本名,对方肯定不是普通人,但我还是仔细地检查了他警官证上的字。

他叫徐良,桐城刑警队的。

"连环奸杀案嫌疑人已经落网,这你知道了吧。"徐良往我身后正在回放新闻的电视机努努嘴。

"你来找我和这事有关系吗?"我不断回忆昨天反复确认过的细节,是哪里出错了吗?

徐良用拳头抵在嘴前,咳嗽了几声,问:"我可以进去喝杯水吗?"

我看出他想要进屋的企图,可又没有很好的理由拒绝,不然反而显得心虚，只得侧身把他让了进来："请坐吧！"

他在客厅的沙发上坐了下来，指着茶几上的信纸夸赞道："你的信纸真不错，现在很少有人用纸笔写信了。"

我拿了一瓶牛奶递给他，顺手收起了信纸，引开话题："没有杯子了，你将就一下吧！"

"谢谢。"徐良接过牛奶。

这时，敲门声再度响起，这次应该是快递到了。

今天的快递员很眼生，不是原先那个熟悉的大高个，而是一个皮肤黝黑身材矮壮的中年人，穿着不合身的制服，不规矩地往屋子里张望着，他看见坐在沙发上的徐良，便收敛了放肆的目光，丢给我一个信封。

看见熟悉的牛皮纸信封，恐惧从我的后背升腾起来，鸡皮疙瘩从接过信的那只手一直蔓延到全身。

"怎么了？你的脸色很难看。"徐良察觉到了我的异常。

我故作轻松地说道："没什么，信用卡的催款单来了。"

"能借用一下您家的洗手间吗？一喝牛奶我的肠胃就不行。"

"刚才给你牛奶的时候，怎么没说！"面前这个多事的男人开始让我反感了。

我为他指了洗手间的方向，趁他不在的机会我把信封塞进了抽屉。

没几分钟，徐良回到了客厅，他甩着发红的手说："你家的水真热，洗手的时候不小心被烫了一下。"

我的心思全在放进抽屉的信封上。徐良迟迟没有切入正题，心急的我开门见山地问道："警官，你找我有什么事情吗？"

"哦，是这样的！"徐良好像才记起他是来干什么的，掏出一本记事本，翻了两页，说道，"连环奸杀案的嫌疑人你可能认识，他是一名快递员，你家这片地区都是他负责派送的。他这里少一根手指，记得吗？"徐良竖起自己左手的食指。

"没什么印象。"言多必失，我保持着听他继续说下去的表情。

"这就奇怪了！我看了你发表在《诡计》杂志上有关本案案情的推理，记得你提出凶手可能是快递员的观点，你难到没有注意到自己家快递员的反常吗？"

看似漫不经心的徐良，一句话就点中我的要害。不过他只是埋头看着自己的记事本，并没有看到我尴尬的表情。

"既然嫌疑人都抓住了，还有什么事情要问吗？"

"我只是好奇，你是怎么推理出凶手是快递员的呢？"徐良眯起眼睛，抬头望向我。

"推理嘛！本来就是胡说八道的，哪有真的靠这个破案的呀！"我干笑了几声。

我没有说谎，能够如此立场坚定地和守雄辩驳至今，我确实没有靠推理，也不是胡乱猜测，因为我知道凶手是谁。

或者说，凶手是我指派的。

在和守雄会面之前，我就做好了杀死她的准备，我的包里装满了可以嫁祸给快递员的证据，这是我早就准备好的。

当他给我派送守雄第一封信的时候，我让他帮我拿了牛奶瓶，让瓶子沾上了他的指纹。我故意给他递了擦头发的纸巾，好让他的头发留在纸巾上。还有他在我门口擦鞋的门垫上，留下了自己的脚印，我用一张薄塑料片，拓印下来半只脚印，技术不是很娴熟，但也顺利把它印在了守雄家的地板上。

指纹、脚印、毛发，这些现场勘查时警察非常重视的证据，我都为他们精心准备好了。就连快递员左手那根少了的手指，都变成我的推理素材，第三起和第四起案件之间相隔了五个半月的时间，可以说是在实施第三起案件时被被害人弄断的，受伤之后休息了这么久才继续犯案，从理论上完全说得通。

铁证如山，这次快递员想脱罪都难。

我连那个大高个的名字都不知道，就让他背上了奸杀案的罪名。每次守雄的来信都是他亲手送到我家里，可他却因为守雄被我栽赃嫁祸。

在下决心这么做的时候，我就已经摈弃了对他的愧疚之情，就像冷酷无情的机器，只是按照事先的设定，一步步完成计划，无论结果是好是坏。

从某种程度上来说，我和那个奸杀恶魔没什么区别。

面对徐良，我还是略有心虚。

"警官，你来找我，是因为我和这个案子有什么关系吗？"我猜不透徐良的用意，只能一再追问。

"算有关系吧。"徐良故意停顿了一下，见我没有响应，接着说道，"虽然我们抓住了嫌疑人，可证据不足，现场提取的所有证据只能够证明嫌疑人去过，但无法证明他就是凶手，所以我们还需要更加确凿的证据。"

"确凿的证据？比如……"

"比如——凶器！"徐良用一根手指在脖子上划过。

"这个我可帮不了你了，只有凶手才知道吧。"我摊着手说。

"嫌疑人以前为你送快递的时候，你有没有留意到他是什么时候少了一根手指的？"

我把手背在身后，扳着手指计算着时间，记得第三起案件发生在四月七日，假设那天断指的话，估计差不多需要休息一周时间。于是我假装思索了一会儿,回答道:"好像今年四月中旬的时候,记得他的手上包了纱布。"

徐良在记事本上写了两笔,自言自语道:"但是嫌疑人说自己的手指是两年前弄断的,据说是快递的包裹里有刀具,包装不够结实,导致包裹里锋利的刀锋露了出来,切断了嫌疑人手指上的筋腱。哦,对了,请问您昨天下午在干什么?"

"我?"我被这突如其来的一问难住了,嗔怒道,"你是在怀疑我吗?"

"不不不,只是例行公事的排查而已。"显然徐良心口不一,而且他丝毫不掩饰自己的这种态度。

"我就在家里。"我没好气地说。

"没有出去过吗?"

"没有。"

徐良举起笔,边作势要记录下些什么,边问:"能不能具体说说你在家做了什么,或者看了什么电影电视剧之类的?"

"谁会去记这些……"从来没有想过自己会成为被盘问的对象,我完全没有考虑过昨天的不在场证明。

"可你居然记得四月份一个陌生快递员受伤的手。"徐良笑着对我说。

他的笑容让我越来越憎恶了,这场不愉快的交谈也接近尾声。徐良似乎收获颇丰,哪怕我没给他好脸色,他也始终挂着满足的笑容,丝毫不介意沉闷的气氛。

徐良收起记事本,总算起身告辞。我心里悬着的石头落了地。

临出门前,徐良转身问我:"还有一个问题,你是不是有洁癖?"

"嗯?什么意思?"我有点丈二和尚摸不着头脑。

"没事，只是随便问问。"徐良解释说，"上洗手间的时候，洗手盆龙头流出的热水都很烫，看你手上的皮肤都有点皱，看起来平时洗手洗得很勤快，所以我才会胡乱猜了一通。不多说了，打扰你了，再见。"

我没有说"再见"，因为我不想再和他见面了，他身上那种无时无刻不在刺探你的感觉让人很不舒服。我在猫眼里目送他离开，把门反锁了起来。

迫不及待地从抽屉里取出那个信封，这是守雄一直用的牛皮纸信封。信封有点沉，撕开封口，从里面拿出信纸，与之前守雄的来信无异，同一种纸张，同样的打印字体，目光刚刚扫过第一行字，就让我不寒而栗。

我知道你干的坏事，要是不想让人知道，就来找我吧。

信封内还有东西，我伸手去掏，指尖触碰到了冰冷的金属质感，竟是一把带血的剪刀。

我立刻冲进了洗手间，拧开龙头，用温热的水冲洗着摸过剪刀的手。我将水温常年设置在六十度，这是普通人会觉得烫手的温度，已经适应了这种水温的我，觉得只有这样才能够洗净污秽。不知该说这是强迫症还是洁癖，眼光毒辣的徐良居然能够猜到这点，这个人绝对不容小觑。

但现在不是担心他的时候，真正的连环奸杀恶魔给我寄来了凶器，或许他此刻正通知警察来我的家里搜查，找出我行凶的铁证。

这样一来，他无须冒任何风险，就可以把所有的罪名都嫁祸给我。

我陷入了完全被动的局面，恶魔肯定在杀害守雄之后，搜查守雄对我所说的"决定性的证据"时，找到了我们来往的信件。他了解我对整个案件的看法，并且知道案发时来到现场的人就是我。在案发后，新闻里播报的案情又与他离开时不一样，只要简单地推理一下，很容易就知道是我布置了现场。

　　我的电话响了，《诡计》的主编打来的，他语速很快，几乎没有给我插嘴的机会。他替我安排了多家媒体的访问，希望我尽快写出关于桐城连环奸杀案真凶落网的感言。主编那边此起彼伏的电话铃声透过听筒传来，看来我在杂志上的推理已经引起了巨大的关注。

　　这次主编开出的稿费条件几乎难以置信，而且他马上就会预付一笔不菲的定金给我。

　　这对失业后一直没有经济来源的我来说是无法抗拒的条件。

　　"好的，我明白了。"我一口答应下来。

　　眼下的情况，逼得我不得不与恶魔结为同盟，一旦我伪造现场的事迹败露，不但身败名裂，更可能会有牢狱之灾，那个笑里藏刀的徐良是绝对不会放我一马的。

　　我贴近窗户往楼下的后巷张望，巷子里除了一排垃圾筒，连行人都没有。虽然这条巷子位于市区新老住宅区的交界处，可除了住在周围的居民，很少有人知道这条前往长途汽车站的快捷通道。

　　既然恶魔拿到了守雄的信，那我的住所也就已为他所知。还是小心谨慎为好。

　　又在窗边观察了两分钟，确信没有人在盯梢，我拉起窗帘，戴上手套，又重新审视起那把寄来的剪刀。从外形上来看，圆形的指套，修长的刀刃，它应该是一把用来理发的剪刀。回想起守雄的推理，凶手是一名美发师，使用理发刀胁迫和杀害被害人。如果将几处作案地点连起来，在地图上画出一个圆，那么在这个圆圈范围内很可能就有凶手栖息之所。在这个圆圈范围内的美发店，大约有四五家，所有员工加起来超过一百人，就算把女员工排除在外，要在这么多人当中找出真凶，对我来说仍是很难完成的任务。

真凶那么狡猾,我想还是放弃吧。

电视上终于公布了嫌疑人的名字:沈大海。

这才知道被我陷害的大个子的名字,平凡到不能再平凡的名字。就像凶手,虽然震惊全市,但如果他站在你面前,你绝对想不到这个人就是奸杀恶魔,否则也不会有年轻女性相继被害了。

从徐良透露的情况来看,假如我将凶器栽赃到沈大海的家里,就可以为整个案件盖棺定论了。

手机来了短信,《诡计》主编的稿费已经到账了。

窗外风和日丽的天气忽然变了脸,乌云密布,狂风大作,一场疾雨淋了下来。

我下定了决心。

5

凶手的来信落款只有一个字:谭。

不清楚这个字的用意何在。是他的姓吗?谨言慎行的他怎么会把自己真实的姓告诉我呢?先不管这些,我暂且就称他老谭吧。

桐城市丰永街九十八号——九室。

连环奸杀案凶手落网,这么大的事件在互联网上早就炸开了锅,沈大海的家庭住址很快就被人搜了出来。因为沈大海包干这一片地区的快递,所以住的离我并不算太远,这也符合凶手的特征。

我还没走几步,远远就能看见警察拉起的警戒线,以及沈大海家门窗上的封条。

没准附近还有几个警察蹲守呢。

我穿着雨衣,夹紧装着凶器的包,徘徊在沈大海的住所周围。在大雨的掩护下，我才不至于太过招人注意。

他的住所是位于街角的一栋三层居民小楼，沈大海住在一楼，黑心的房东将原本就不大的房间分隔成了好几个更小的房间，分租给外地的租客，比如沈大海这样的人。因为一楼贴近马路，所以很多租客破墙开门，把原本只能居住的房间改建成了沿街店铺，沈大海的房间就挤在这些店铺之间。

绕了一圈，除了穿过店铺，在店主们眼皮底下撕开封条，没有别的方法进入沈大海的房间了。我根本没有机会将凶器放进沈大海的房间里。

况且警察肯定已经彻底搜查过房间了，这时候突兀地冒出来一个关键性证据，傻子也知道是栽赃嫁祸。这样反而适得其反，让警察有了怀疑真凶另有其人的理由。

必须改变策略。我注意到在沈大海住所的马路对面，呈射线的两条马路夹角之间，有一片街心绿化带。绿化带上的草坪被为了抄近道的路人踩得坑坑洼洼，供人休憩的木质长椅也被流浪汉长期占据，肮脏的座椅也没人愿意去坐。唯有矗立在草坪中心的一座雕像，还有几分生机。

这是一件十分抽象的雕塑作品，三个大小不一的圆环交错环绕，形成了三口之家牵手出行的构图，象征着家庭的圆满。风吹雨淋之下，铁质的圆环几乎快锈断了。这不是重点，重点是圆环恰巧对着沈大海房间的窗户。

灵光一现，我想到通常高明的凶手都不会把重要的证物随身携带，必定会藏在一个只有自己知道的隐秘场所。如果我是沈大海，把凶器埋在这座雕塑下不失为一个好办法。不仅每天可以从窗口留意这片草地，而且就算警察展开搜查，也想不到凶器会藏在这样一个地方。

我踩了踩脚下的烂泥，在雕塑下面找了一块相对松软的土，用戴着手套的手刨出了一个不深的小坑，将包里的凶器埋了进去。拍实了坑上的土后，想找样东西做个记号，可周围找不到可以做标记的东西，我随手拿出了一张纸币，用石头压在了坑上面。雨水很快在坑的四周形成了水洼，纸币也浸泡在了水中，相信雨后会有人发现它的。

我将沾满烂泥的双手藏进雨衣里，站起蹲酸的腿，以雕塑为掩护，观察周围有没有注意到我的人。好在大雨为整个世界披上了一层朦胧的薄纱，撑伞低头赶路的行人、愁眉苦脸的店主、抢修下水道的工人，哪怕抬头可见，也没有人注意到我的举动。

摆在我面前的还有最后一个难题，怎么让警察找到我埋下的那把刀。

刀？为什么我埋的是刀而不是剪刀？

没错，我正是用这把小刀，刺死了戴莺。

戴莺是连环奸杀案中第三名被害人。我将她一刀毙命后，脱掉衣服伪装成了遭到杀人恶魔奸杀的样子。所以第三起案件有许多不同之处，被害人的尸体没有被刺得满目疮痍，毕竟对着已经死掉的人我下不了手，就和对着守雄的尸体时一样。因为之前没有公布案件细节，我以为奸杀案的被害人都是被脱光衣服后性侵，但实际上，所有报告上，对于被害人陈尸的描写都是上衣被推至双乳之上，裤子被扒至脚踝处，所以先前四起案件之中只有戴莺的尸体是赤身裸体的。

然而让警察将这起案件归为连环奸杀案的证据，是那只遗留在现场，上面带着第二位被害人的血的手套。

那只手套是我捡到的。

记得很清楚，三月十六日晚上，我听见后巷有动静，走到窗边一看，一个男人正打开垃圾筒盖子往里面扔着什么。这条小巷平时很少有人走,更别提晚上走到这里来扔垃圾的了。那个男人散发着阴森的气质,由于是俯视的视角,加上他穿的又是黑色的外套,我拿不准他的身高。男人的脸埋在阴影之中,他扔完东西并没有马上离开,而是点起了一根烟,火光映衬出他棱角分明的半张脸,很快又隐没在黑暗之中。我想看个仔细,脸几乎贴到玻璃的时候,他猛然抬头看向我这边。我慌忙闪到窗帘后,过了大约一分钟,我才敢慢慢探出头去,男人已经不知所踪。不知道那个男人是否看见了我的脸,可我看见了他扔的东西上沾有红色的液体。

赶在次日回收垃圾的环卫车来之前,我去翻了后巷的垃圾筒,发现了带血的手套和沾着精液的纸巾。正是在这一刻,我酝酿出了杀害戴莺的计划,将这两件东西故意遗留在了现场。

而我正是发现戴莺尸体的那个室友,还编造了目击穿着雨披的男人背影的谎言。

从那之后,我总觉得洗不干净自己的双手,指甲缝里、皮肤褶皱里总能闻到血的味道,我用肥皂、洗手液甚至带有腐蚀性的洗涤液,都去不掉这个味道。唯独滚烫的热水,能从我肌肤的纹理沁入,冲刷掉戴莺的血。家里热水器的温度最高可以设置到六十度,这个水温大多数人会烫得哇哇乱叫,而我洗起来却无比惬意。

所以当徐良叫出我真名的时候,我有点紧张。杀死戴莺的那一晚,回想起来满是破绽。好在我拥有最强的一张王牌,警察是绝对不会怀疑到我身上来的。

我快步离开绿化带,背后有个稚嫩的声音唤道:"姐姐,你的包!你的包掉了!"

我拉紧了雨衣的帽子,遮住大半张脸,头也没回地答道:"那是炸弹,快报警!"

小女孩不知所措地站在雕塑下，我的空包正放在埋凶器的土坑旁，相信赶来"拆弹"的警察一定会有所发现。

雨势渐渐小了，空气中还能依稀闻到雕塑的铁锈味，也许是刚刚不小心沾到手上的，明明戴了手套还是没用。

我又开始急切地找起热水龙头来了。

6

戴莺是我的大学同学，也是我最好的闺蜜。可俗话说，防火防盗防闺蜜，我没想到她会和我的男朋友鬼混在一起。有一次我提早下班回来，发现男友和戴莺赤身裸体抱在一起。原来男友总是借口在家等我下班，是为了和戴莺缠绵。我失去了理智，对着男友又踢又咬，男友自知理亏，招架着我的拳脚逃走了。戴莺满脸悔意地哭着跪在我面前，发誓说只是和他玩玩而已，并且立刻会和我的男友一刀两断。

我迈不过心里的坎，于是租了现在住的这套房子，一个人搬了出来。搬家耽误了打工的时间，等我再去上班，却被老板炒了鱿鱼。屋漏偏逢连夜雨，刚付了房租的我，手头变得更加紧巴巴了。

过了几天，我回到和戴莺的合租房取自己的衣服，又一次撞见了他们两个人在一块儿。

当晚，我捡到了那副血手套，杀意萌生。

整整计划了半个月，其间发生了两起奸杀案，于是我有了伪装成系列奸杀案的想法。身为女人，就有了得天独厚的伪装，没有人想得到女人会是奸杀案的凶手，这就是我的王牌。

我骗过了所有人，只有凶手知道，这起案件不是他干的。

可我也快让凶手露出他的庐山真面目了。

聪明反被聪明误，说的大概就是这种情况了。

老谭寄来剪刀是他最大的败笔，那把剪刀的材质很高档，价格不菲。附近五家美发店里有两家规模很小，设备陈旧，应该不会买这么贵的剪刀。剩下的三家分别叫作"简发""飞思""时光隧道"，按照距离家的远近，我开始依次察访。

"简发"店里的美发师阴盛阳衰，只有两个男的，我只看了一眼，就知道凶手不在这家店里。那两个男美发师，一个染了满头金发，一个染了满头红发，店门口的广告牌是半年前拍的，他们俩的造型和广告牌上一模一样。如果顶着这样的脑袋去作案，没有目击证人才是一件非常奇怪的事情。

距离"简发"不足一百米的地方，就是我的下一个目标地点——"时光隧道"。它占据着非常有利的地理位置，处在人流密集的转角，透过落地的透明玻璃窗，可以看见每一位在为客人修剪头发的美发师。

我巡视着他们中的每一个人，其中一个美发师引起了我的注意。他长相平凡无奇，不太容易惹人眼球，身高不足一米七，体形消瘦——所以他才需要将被害人割喉，降低制服被害人的难度。他手法利落，手里的剪刀上下飞舞，一簇簇头发落在客人白色的围兜上，肌肤毫发无损。如果用剪刀当凶器，没有人可以比他更加快准狠了。

脑子飞快地转着，腿脚却不知不觉带我走进了"时光隧道"。一位迎宾小姐热情地朝我走了过来，拿着衣架准备替我挂起外套。

"小姐，您是洗头还是理发？"

"哦。我……"本就没打算进来的我，不知该怎么回答，不由自主朝靠窗的那个矮小的美发师看了一眼。

迎宾小姐误会了我的意图，对我说道："许岩是您的预约美发师吧。您稍等，他很快就可以为您服务了。"

原来他叫许岩,我看着他有条不紊地为客人解开围兜,用刷子清理着脖颈处的碎发。

"不不不。我是第一次来,我不认识许岩。"我赶忙推托道。

"既然第一次来,就更要让许岩为您服务了。"迎宾小姐扒下了我的外套,推着我走向许岩,边走边向我介绍。"许岩可是我们店里最忙的美发师,找他的客人多得数不过来,他几乎年中无休。"

"是吗?"

"当然,不信您看预约板。"

在正对大门的一面墙上,悬挂着一块白板,上面密密麻麻打着格子,黑色的记号笔标示着当日客人预约的时间和美发师。正如迎宾小姐所说,许岩的名字是出现最多的。

这是最好的不在场证明核对表,只要看看之前发生案件的日子,许岩是否在店里就知道了。

我问道:"你们店里这个预约板有存档吗?"

迎宾小姐摇摇头:"通常我们只接受当天预约,预约板到晚上闭店的时候就会全部擦干净。"

可惜,唯一能想到的证据也没有了。

我被按在了许岩的座位上。许岩正在门口和他的客人寒暄挥别,很快就要回来了。他会认出我来吗?当着店里这么多人的面,他应该不敢对我动手吧。

我怀着忐忑不安的心情,如坐针毡。

迎宾小姐为我倒来一杯茶水。

"您有我们店里的会员卡吗?"

"没有。"我接过水杯。

"您需要办理一张吗?"迎宾小姐向我推销起店里充值性质的会员

卡来。

许岩送别了客人，客套的笑容转瞬即逝，换了一副冷冰冰的表情，信步朝我走来。插在他胸前口袋里的剪刀闪着寒光，和我收到的那把剪刀是同一个款式的。

"我考虑办一张卡试试。"我端着水杯起身离开了座位，跟着迎宾小姐到前台填写数据。

与许岩擦肩而过的时候，我假装喝水挡住了半张脸，他似乎也没留意到我。他身上擦了香水，经过时身后留下浓烈的气味。

我胡乱填写着个人资料，忽然想到一点。

"刚才你说，会员卡可以查询消费记录对吗？"

"是的。您可以在前台查询您每笔消费的情况。"

"包括哪名美发师为我服务也能查到吗？"

"没错。因为美发师也是按照客人的消费金额提成的，所以这个一定会有记录。"

太好了！我在心里欢呼起来。

我找凶手并不是为了将他绳之以法，而是为了确保我自身的安全。只有两个人处在对等的条件下，互相掣肘，才会互相保守秘密。

"你刚才说许岩是店里最忙的美发师，我可以看看他之前几个月的预约吗？"理由有点牵强，我又补充道，"如果真的很多客人预约，我也希望请他做我的私人美发师。"

"没问题。"迎宾小姐滑动鼠标，轻点了几下，许岩大半年的业绩记录就显示在了计算机屏幕上。

我把手里的茶水一饮而尽，放下杯子，开始滚动鼠标滑轮翻阅。来到三月的记录，第一和第二起案件的案发时间，也就是三月十六日和三月二十五日，从下午到晚上，许岩都有预约，而且不止一个客人，两位客人之间的间歇时间，也不够他外出犯案。

我略感灰心，瞬间就失去了和迎宾小姐纠缠下去的理由。我冷酷地拒绝了办理会员卡的推销，借故有急事要离开。

走出店外，隔着玻璃看见许岩正在细心清理椅子上的碎发，时不时看一眼手表，专注于他下一位客人到来时的体验。

也许他真的只是一位很棒的美发师吧！

只剩下最后一家"飞思"了。在一排老旧的房屋之中，以白色为主基调装修的"飞思"格外扎眼，门口旋转的霓虹灯下，摆放着琳琅满目的美发产品。相比之下，挨着"飞思"的文具店、牙医诊所就相形见绌了。

按照我的推理，凶手应该就在这家店里面。

走了那么长的一段路，肚子有点饿了。想到可能很快就要和凶手正面对决，我打算先去吃点东西填饱肚子。

选了一家西餐馆，在靠窗的位置坐下。店里客人不多，勤快的服务员为我送来菜单。这家店我和戴莺一起来吃过两次，每次都是戴莺点餐，今天我一个人犹豫了半天也没选好主食，不好意思让服务员站着等太久，于是就先点了一杯热牛奶，之后再想想其他。

服务员在手里的本子上打了个勾，转身去倒牛奶了。

喝牛奶的习惯是从交往男友开始养成的，那时候，男友每天早晨都会给我准备一瓶牛奶，起初我的肠胃不适应早晨喝牛奶，一喝就会拉肚子。记得那个讨厌的警察徐良肠胃也有这样的问题。为了避免到处找厕所的尴尬，每次我都偷偷地把牛奶送给戴莺喝。

可能就因为如此，当我将她的尸体剥得精光，她的皮肤看起来依然白皙光洁，就像在牛奶中浸泡过一样。我也正是用牛奶瓶塞进了戴莺的身体，伪装出性侵犯的痕迹。餐厅玻璃窗上映衬出我的脸，一张算不上漂亮的脸，浮肿的眼圈，涣散的目光，略高的颧骨显得面相有点凶，薄薄的嘴唇透出几分凉薄，粉红色的花饰和衬衣和我的肤色并不相称。没准我换上一身男装，会让人更加舒服。

换作我是男人，在我和戴莺之间，也肯定会选择她。我一度觉得戴莺只是我的发泄物，就像孩子生气时砸坏的玩具，就像汽车抛锚时踢一脚的轮胎，可付出一条生命的代价着实有些大。这些想法在我策划谋杀的十三天里，完全没有办法说服自己，直到我在现场布置完了一切，站在戴莺尸体旁边看她最后一眼，巨大的空虚感才向我袭来。为什么戴莺会躺在这里？我不能理解自己为什么要杀人，为什么要让自己的双手沾满罪恶的鲜血。况且，最该死的人不应该是那个喜新厌旧的男人吗？

牛奶端了上来，冒着热气，看起来很舒服，像我洗手时的热水。

"苏湘宁小姐，您的牛奶。"

服务员变成了男人，可他为什么会知道我的名字？

"徐良？"我抬头看见了耳边精修细剪的鬓角，那排牙齿光彩夺目。

还是上次见面时的那身西装。他朝我欠了欠身，在我对面的位子坐了下来。

"对不起，我和你无话可说，请你离开。"我拿起牛奶喝了一口，毫不留情地下了逐客令。

"抱歉，今天你不得不和我聊一会儿了。"徐良从西装口袋掏出一张纸，铺平在我面前的桌子上，蝇头小楷的字体看着眼花，只有"逮捕令"三个大字我看得真切。

"有证据了？"我绷紧的神经松了下来，反倒释然了。

"嗯。我们在现场找到了你的脚印。"

不可能！当天我带了好几层厚厚的鞋套，手套和头套也都装备齐全，我没有刻意去打扫现场，因为本身那房子就是我和戴莺合租的。在我杀人之前的痕迹，根本够不上定罪的证据。可是看徐良的样子又不像是在骗我，不知道他有什么证据拿到了逮捕令。

"连环奸杀案的凶手是一个女人，这样公布案情不怕被公众嘲笑吗？"我依然握有我的王牌。

"不，我想是你搞错了。逮捕你并不是因为之前四起连环奸杀案，而是你涉嫌谋杀了前几天那名残疾女青年——守雄。"

我愣了一下，发现他搞错了案件，冤枉了我。

"我没有杀她！"我勃然大怒。

"你再好好想想，我们在她门口走廊的墙上找到了一枚你清晰的脚印。"徐良看了一眼我脚上的皮鞋，"应该就是你现在穿的这双。"

我想起来，敲门时掉落到鞋子上的粉末，我在清理皮鞋时一只脚踩在了墙上，脚印就是在那时候留下的。虽然我在现场伪造出许多快递员的痕迹，可忘记销毁屋子外的重要证据了。

"这也只能证明我去过那里，没法证明人是我杀的。"

"你再想想为什么守雄的尸体会是赤裸的呢？"徐良露齿一笑，右边脸上立刻凹陷下去两个甜甜的酒窝。

看来徐良已经知道了一切，就差我自己的口供了。被冤枉的感觉不好，我此时能理解同样被冤枉的快递员沈大海的心情了，纵使百口莫辩，踏入罪恶的泥潭就难以自拔。

——只有六十度的热水才能洗净我手上的鲜血，哪怕我已经把手掌搓得起皮，温度不够的话，我依然无法忍受。只有水温达到了皮肤的临界点，我才觉得可以洗净双手，哪怕只低了一度，尸体身上令我作呕的血迹、气味和皮屑，就有可能会留在我的身上，挥之不去。

这种心理上难以跨越的障碍，一直困扰着我。而在守雄家里发生的一个意外，几乎将我推上绝路。

我拧开龙头，水流出一截之后，就再也没流过。我甚至都还没有来得及弄湿我的手，就停水了。

我举着沾满了血的手，束手无策。检查了水阀，确实是打开的状态，我找不到其他的原因，但总不能就这样下楼。虽然公寓楼开电梯的工作人员视力不佳，但近在咫尺不可能逃过她的眼睛。

找遍了守雄家所有的衣柜，也没有找到手套之类的东西。我这才想起，残疾的守雄没有戴手套的必要。

在现场待的时间越长，风险也越大，我必须快速离开了。看着守雄的尸体，我脑海中闪现出一个绝妙的主意。守雄脚上穿着五指的黑色丝袜，我把它们脱了下来，套在了自己手上，弄成了长袖手套的样子。为了不让警察猜到我脱掉丝袜的用意，索性把守雄的衣服都脱光，反正这是连环奸杀案的凶手干的。

黑丝袜有效地帮我避过了所有人的眼睛，在乘坐电梯下楼的时候，我看见了电梯门口张贴的停水通知，今天是这座公寓楼清洗楼顶水箱的日子，所以停水四个小时。

回到家里，我才得以彻底清洗干净手上的血迹。那双丝袜被我放在洗手盆里烧成灰，冲进了下水道。

徐良告诉我，他在看见停水通知的时候，就想到了凶手没有办法用水来清洗的问题。没有实施性侵却脱光了被害人衣服，显然是发生了意外的状况，结合尸体腿上丝袜的勒痕，徐良询问了电梯里的工作人员，证实有戴着长袖手套的人出入过，由此特征锁定了嫌疑人是女性。

"一定是守雄掌握了你的重要机密吧。"徐良问我。

"我到那里的时候她已经死了。她说她有了决定性的证据，听起来她可能知道凶手是谁了。"

"既然人不是你杀的,你为什么要伪造现场?"

徐良问住了我。我总不能告诉他,是为了让沈大海成为连环奸杀案的凶手,将我杀人的案件也扣在他头上。

"我只是为了钱,让案件看起来和我推理的一样,这样杂志就会多发表我的稿件,多赚点稿费。"

"那么你拿到关键性的证据了吗?"

"没有。被凶手抢先了一步。"到了这个时候,只要不涉及我的秘密,其他事情我对徐良都毫无保留。

"你想过没有,也许守雄根本就没有证据。"

我不赞同徐良的观点:"那凶手为什么还要杀了她?也许她自己就是证据。凶手一定也会看《大推理家》栏目,守雄从栏目中筛选出了两位怀疑的对象,其中就包括了我和凶手,于是她虚张声势地向我们两个人都发布了有重要证据的信息,如此一来,在见面的时候,凶手就会露出真面目了。守雄与凶手相约见面的时间可能比我提早一个小时,结果她被凶手灭口了。势单力孤的守雄不可能不做任何防范措施就和凶手见面,但你们警察似乎还没有找到证据。"

"防范措施?会是什么?"

"她有一个同伴。"我推测道,"守雄先将重要的证物放在了同伴那里,告诉同伴如果自己出事,就将证物交给警察。守雄在被凶手逼问的时候惨遭杀害。但凶手应该没有拿到证物,我到现场的时候凶手逃得很匆忙。"

似乎觉得我说得有道理,徐良点点头。

这是博取徐良信任的最佳时机。我告诉他。凶手给我寄了剪刀的事情,并且按照我眼下的推理,真凶就在"飞思"美发店里。

徐良起身整了整衣服，端起我面前已经变凉的牛奶，对我说："具体的调查，我们还是回警察局里再细谈吧。"

窗外，路边的警车上下来两位身着制服的警察，徐良迎面朝他们走去。

我想他们是来逮捕我的吧。

还没吃饭的缘故，胃开始痉挛，我捂着肚子伏在桌子上，直不起腰来。

两位警察来到我的面前，依程序向我出示了证件。

"苏湘宁小姐，有关您在《大推理家》上发表的推理，我们有些地方想要请教。"警察恭敬地说道。

我疑惑道："你们不逮捕我了吗？"

"逮捕你？为什么？"警察表情困惑。

不对！事情似乎有点奇怪了。

"你们有个同事叫徐良吗？"

"徐良？"两个警察互相交流了一下，问，"是我们辖区的吗？"

"应该是吧。负责连环奸杀案的侦办工作。"

"不可能，这案子由我们两个负责，况且据我所知，我们同事里也没有叫徐良的。"

"妈的。"我咬牙骂道。我冲出餐厅，人来人往的马路上早已没有了徐良的踪影，我向街尾跑去，转过拐角，萧瑟的小路上只有"飞思"美发店的霓虹灯在旋转，空无一人。

我的推理错得彻底，凶手不是什么美发师或者快递员，他伪装成警察，这是最让被害人放心的身份，所以才可以骗被害人开门。徐良的外表也容易使人放下警惕，就比如我，自始至终我都没有怀疑过徐良的身份。

徐良对我进行的审讯，所有事情都是从电视上得知的，没准还胡诌乱编了一些。守雄门外走廊上的脚印，可能是他当时在现场听见我敲门的动静后，推理得出的结论。

既然徐良并没有拿到守雄留下的重要证据，那么证据在哪里呢？

刚才徐良在听见我提到那把剪刀后，立刻中断了我们的对话，很明显先前他并不知道剪刀的事情。

那就只剩下了一种可能性，剪刀是守雄的同伴寄给我的。

重要的证据并不是这把剪刀，而是守雄和她的同伴。她们目击了凶手的样子，行凶时，徐良很可能穿着警服伪装成警察。于是守雄不敢报警，从案件一些细节中可以感觉到凶手也看《大推理家》杂志，守雄遂通过在《大推理家》上寻找真凶，成功引出了凶手。守雄很可能想要敲诈凶手，于是让她的同伴做掩护，结果却被灭口。

守雄被杀后，误以为凶手是警察的同伴不敢报警，想到求助同样热衷此案的我，依照原来的通信方式给我寄来了剪刀。剪刀上的血是假的，只是为了增加效果。这把剪刀并不是杀人的凶器，而是守雄同伴让我找到她的线索。

我要找的不是一个男人，而是一个女人。

一位姓谭的美发师，她是重要的目击证人。

我的头就像要炸了，以前两家美发店里都没有姓谭的工作人员，她应该就在"飞思"美发店里。顾不得身后赶来的两位警察，我飞奔向"飞思"美发店，脚下的步子越来越沉重，泛起的胃液直逼喉咙口，酸苦的味道让我直打恶心。

"你们这里姓谭的美发师在吗？"我推开"飞思"笨重的玻璃门就问。

"她刚刚跟一位警察走了。"不明就里的迎宾小姐被我的样子吓住了。

"那个……那个警察是不是笑起来右边脸上有……有两个酒窝?"刚才跑的这一小段路,怎么会这么喘呢?

"没错……"迎宾小姐的声音在耳边越来越缥缈。

我还想追问下去,可舌头不听使唤了。

整个人仿佛浮了起来,我看见两位警察也推门冲进了"飞思",所有人在我面前剧烈摇晃起来。突然间,整个世界转了九十度,我的脑袋受到了猛烈的撞击,刚才喝下的那口牛奶呕了出来,冒出一股难闻的气味。

残存的意识告诉我,那杯牛奶被下药了。

眼皮被抽去最后一丝力量,耷了下来。

世界一片黑暗。

7

蔚蓝的天空不见一丝浮絮,多日不见的太阳终于露了脸,和煦的阳光暖暖铺下来。这是一个久违的慵懒午后。

我的额头还缠着纱布。由于撞在大理石地面上引起脑震荡后遗症,我总觉得自己平衡感不如以前了。

连环奸杀案出现了新情况,警察接到一通匿名电话,来电者详细讲述了奸杀案的细节,然而这些细节只有凶手才可能知道。来电者提醒警察抓错了人,自己才是他们的目标。

经过反复调查取证,被捕的嫌疑人沈大海的不在场证明被找到。他被无罪释放。桐城连环奸杀案的真凶依然逍遥法外,尚未伏法。

我不明白徐良为什么要打这通电话来解救沈大海。

后来，我又去"飞思"找过姓谭的美发师。

她叫谭薇，是"飞思"美发店里资质最浅的美发师。我坐在等待区的沙发上，谭薇披着一件白大褂，略显笨拙地为一个顾客染发，我在想徐良为什么没有将她也灭口。

替顾客套上蒸汽机盖，谭薇擦着手掌上的染发膏问我："你找我有事吗？"

我开门见山问道："那个徐良是凶手，你早就知道了，为什么不报警？"

没有人注意到我们在说什么，美发店里每个人都在忙碌着。

"我不明白你在说什么。"谭薇在装糊涂，她很明显压低了声音，不想让周围的同事听见。

"那个男人杀死了很多人，也包括你的朋友守雄。"

"如果你不弄头发，就赶快离开这里吧。"谭薇愠怒道。

她晃动的眼神中，我看见了深深的恐惧。

"我知道是你寄了那把剪刀给我，希望我可以找到你，但我现在找到你了，你却什么都不肯说！"我央求道，"我只想知道他到底是个什么样的人而已。"

谭薇动摇了，她咂了咂嘴唇，欲言又止。

我再度恳求。

她掀开白大褂的下摆，从牛仔裤的口袋里掏出一把铜黄色的钥匙，随后报了一个门牌号码给我，这个地址和"飞思"之间只隔了一户人家。

染发顾客头上的蒸汽机没水了，闪起红色的指示灯。

谭薇冷冷地对我说："你去过这个地方以后，就别再来找我了。"

"为什么他不杀你？"这是我最后的问题。

"和你一样。"谭薇意味深长地说道。这也是她和我说的最后一句话。

说完,她赶着去料理满头是汗的顾客,撇下了手拿钥匙的我。

谭薇给我的钥匙,是"飞思"隔壁一家牙医诊所的,它们之间只隔了一间文具店,文具店门口摆着落地招牌,上面写着"打印复印"的字样,想必守雄和谭薇就是在这家店里给我打印回信的。

再走过去几步,就是牙医诊所的大门了。钥匙插入卷帘门的锁孔,顺利打开了锁。我把卷帘门拉到足够我通过的高度,钻了进去。

这家诊所不大,接待室大约十平方米,屋子里弥漫着诊所特有的气味。显然诊所歇业有段时间了,瓷盘上摆放着大大小小长短不一的工具,手套和手术刀也一应俱全。专供病人躺下治疗牙疾的躺椅,蒙上了薄薄一层灰。我想象着牙医握着手术刀,刀下是病人毫无防备的脖子。会不会产生刺下去的冲动呢?

墙壁上悬挂着这个诊所主治医生的行程表,在今年的四月到九月之间,他前往日本参加了学习和研讨的课程,那段时间正是命案中断的日子。行程表的上面,张贴着他通过课程考核后颁发的证书,证书上印着学员的照片,一个男人微笑面对镜头,他右侧脸颊有两个深深的酒窝。

身为牙医,他的牙齿这么好也不足为奇了。

那些被害人也许都在这里治疗过牙齿,这样的私人诊所并不会留下什么医疗记录,难怪警察找不到被害人之间的关联。我总觉得切下一部分尸体并带走这样的事情,不是学医的人难以办到。

穿过接待室往里,有一个小小的办公室,仅仅是用了门帘分隔。墙上钉着一层隔板,上面摆着近半年以来每一期的《诡计》杂志,在杂志的旁边,摆了六七个广口瓶,整齐地排成一排。浑浊的液体里浸泡着某种物质,我凑近观察着它们,有假牙,也有真牙,还有动物的尸体,可惜没有发现人体组织和碎片。

地上的角落里放有三个广口瓶,里面什么都没有,看它尚未干透的湿滑内壁,不久之前瓶子里一定装了什么,最近有人倒光了里面的东西。

和被害人预约上门治疗牙齿,就可以在对方毫无防备下割喉,几乎就是轻而易举的事情,而且被害人的血一滴都不会留在他的身上。奸尸后用洗洁精和洗发膏处理现场的方式,主要是为了除去现场所留下的气味,那种医生所特有的气味。也许从被害人身上切下的人体组织,可以帮助他进行医学研究,也或许只是满足他的收藏怪癖。

当他听闻戴莺被杀一案的时候,就开始关注起我来,他知道我在说谎,我根本不可能看见过凶手的样子,因为那时候他在日本进修。

找到这家店铺的主人,他告诉我牙医诊所的主人去国外留洋,应该不会再回来了。这家店铺也已经转让出去,几天后,新的主人将拆空现在的牙医诊所,重装一新,令这里摇身一变成为一家小资情调的咖啡馆。

证据在时间的洗刷下渐渐消隐。离开桐城的凶手不会再犯案了,至少在这座城市里不会了,他在人们的记忆中淡去。若干年后,老者们在茶余饭后提起此案,更多了一层对凶手的好奇,少了一份对被害人的哀悼,没有人会记得她们的名字。

在那之后,我就再也没有见过谭薇了。

很偶然的机会,在"飞思"的首席美发师名单上,我居然看到了守雄的名字。

"和你一样!"我重新回味谭薇这句话的意思。

谭薇和我都是凶手的同谋,所以我们和凶手共同守护着秘密。

我杀死了自己的室友，为一个不值得去爱的男人；而谭薇虽然没有亲手杀死守雄，但她目睹了守雄被害的过程，却袖手旁观，没有对好朋友施与援手。是嫉妒让她丧失了良知，比她少一只手的守雄，竟然可以在"飞思"当上首席美发师，这让四肢健全的她在店里倍感屈辱。

最浓烈的杀意，就在离你最近的地方，被深厚的爱包裹，伪装成世间最善良的脸庞。

我朝着太阳的方向抬起手掌，阳光直射下的双手被一圈毛茸茸的红晕所包围，蜕皮的指缝间像是有未洗干净的血迹。

看来我又该洗手去了。

LOOP

Z

Zhang，这是我的姓，也是我醒来之后，唯一记得的事情。

我正坐在一张木椅上，确切地说，是被绑坐在一张木椅上。后脑勺左侧很痛，脸颊上的皮肤紧绷着，仿佛被谁涂上了一层胶水。我想伸手去摸，发现自己的手和椅背捆在了一起，低头看去，胸口的白衬衫上沾满了凝固的褐色液体，我的两只脚也分别被两股麻绳绑在了椅子腿上。

尝试着挣脱了一下，但也许是绑得太久的缘故，手脚关节传来酸麻的感觉，好像有千万只蚂蚁在皮肤下爬行，我强忍着咬住后槽牙，等着血液流回每一根毛细血管，才感觉手脚又是我自己的了。

粗糙的麻绳磨破了皮肤，绳结没有丝毫的空隙，看来绑绳子的人对此十分拿手。

于是我放弃了徒劳的挣扎，慢慢清醒恢复的意识终于让我冷静了下来。我所置身的是一间破旧的屋子，斑驳开裂的墙面散发着一阵阵霉菌的味道，脚下酥软的地板也透着潮气。墙上所有的窗户都被木条封得死死的，屋子里没有开灯，唯一的光源来自我头顶上失修屋顶的缝隙，刺眼的阳光正钻入室内，投射出一道道浮尘的掠影。我发现屋子里还有一个房间，房门半敞，门里涌动着未知的黑暗。

此刻坐在屋子正中央的我，环绕着一堆破败家具，镶嵌在衣橱上的一面镜子，映出我半边血污的脸，脸上的血已经凝固。

也许是后脑勺受伤的缘故，我的记忆出现了偏差，想不起自己究竟是怎么来到这个地方的，也不记得自己得罪过什么人，竟受到如此的对待，更不知道这里是什么地方了。

我喊了几嗓子，喉咙一阵火辣辣的痛。期望能有个人进来，哪怕是绑住我的那个人也好，来告诉我到底是怎么回事。然而，只有空洞的黑暗吞噬了我的声音。我呼出的气冲散了微尘。

弓下身子，踮起脚尖，我把绑住我的椅子腾空挪起，朝那个衣橱移动过去。每一次的移动椅子都会发出"吱呀"的呻吟，就像一副戴在我身上的木质镣铐。

靠近衣橱的镜子，这才发现镜子很脏，上面有被人用红笔写过很多字又擦掉了的痕迹。我勉强站起来，让椅子和镜子拉开一点距离，猛然一转身，借助惯性的力量撞向了镜子，我和镜子碎片一同重重地砸在地板上。

顾不得疼痛，我用背在身后的手摸索着锋利的碎片，慢慢磨开手腕上的绳索，再解开脚上的绳结。

终于，我恢复了自由行动的能力。

两条手臂上布满了细小的伤口，还有残存着玻璃碎渣的伤口在流血。我不确定是什么人出于何种目的，将我绑到这里来。一旦让我知道是谁想要置我于死地，我是绝对不会放过他的。

头疼得要死，摸遍自己身上所有的口袋，只找到了一张对折起来的黑桃A扑克牌和一枚白金戒指，除此之外，没有可以证明我身份的东西了。

戒指藏在裤子暗兜里，我的左手无名指没有戴过戒指的痕迹，这枚戒指应该不是我的吧。

这间屋子的门似乎从外面被封住了，我尝试打开它，但很快放弃了。屋子没有其他出口，成了不折不扣的密室。

我收起戒指，往那个半敞的房间门里走去。

一团亮光在房间内的黑暗中闪烁起来。

一部被丢弃在布满灰尘地面上的手机，屏幕上亮起了一个电池符号，是手机的充电提示。

我认出这是我的手机，手机屏幕上还有一条未读的短信，凭着最后一点电量，我查看短信的内容：

> 张先生，恭喜您！您的妻子预产期提前，于十二月十一日诞下一子，体重七斤三两，母子平安。请速至我院缴纳手术费用。

没等我看完整条信息，屏幕重归黑暗，手机耗尽了最后的电量，再也按不亮了。

不知道现在的时间，我迫不及待地要离开这间屋子，去到妻子和儿子的身边。要离开这个屋子，就必须要想到办法。

刚才留意到屋子里有股难闻的味道，我壮胆又往门里的房间迈了一步。

这个房间光线不足，所有可能供人出入的地方都被钉上了木板，空气让人感觉窒息。昏暗的角落里，摆放着一张单人床，一个男人脸朝下僵硬地趴在床上，整张脸埋在了枕头里。

我的手在门边的墙上乱摸了一阵，并没有找到灯的开关。待眼睛渐渐适应了光线，才看清床上的男人头发花白，他的手和脚被麻绳捆在两边的床架上，麻绳打的是我熟悉的双环扣结。床边的墙壁上有人用喷漆写了一个大大的红色"折"字，我猜应该是想写一个"拆"字，写字的人粗心漏掉了一点吧。床头旁边放着一个烟灰缸，里面的蓝色烟蒂几乎快溢出来了。烟味夹杂着某种怪味，像久卧病榻的老人身上的味道。可能因为这屋子简陋的缘故，潜藏着各种空隙，始终有流动的空气，才使得这种气味没有充满整个房间，但越靠近那张床，我就越得捂住鼻子来抵御这股味道。

一只温热的煤球炉摆在角落，房间里的空气被燃尽，炉子里的火已经灭了。

我推了推男人的身体，没有反应，解开他一只手腕上的麻绳，测了测脉搏，已经失去了生命体征。他戴在手上的机械表已经停了，表盘上的日期显示十二月十二日。

是谁杀了他？和绑架我的是不是同一个人？

该死的浑蛋！

无论将我囚禁在这里的人是谁，显然没有打算给我留活路，床上的尸体就是最好的证明。尸体早就没了温度，从失去动力的机械表来推测，这个男人至少死了二十四小时。男人手上的双环扣结和绑我的死结不一样，说明绑架我的起码有两个人，无论为了钱还是曾经与我有过节，我都担心他们会对我的妻儿不利。

必须赶在他们下手之前找到妻子和儿子，首先我要从这该死的屋子里出去。

认真把屋子检查了一遍，我发现原本屋子的大门就是一块包着锈铁皮满是铆钉的烂木板，透过门板上的缝隙可以看见大门外部的把手上插着一根铁棍，和屋子其他几扇被封死的窗户一样，完全没有逃生之法。

屋子里也没有什么称手的工具，我找了一张破凳子，掰下一条木腿，试着撬开封住窗户的木板。

开始有水从地底下渗出来，每踩一步都会从地板缝里挤出一汪水。我听见潮涌般的水声在拍打着整间屋子，不断有水从墙上的木板缝隙里灌进来，散落在地上的木板慢慢漂浮起来。很快，我的小腿就浸没在了水里，我不得不屈起膝盖来稳住重心。

起初我还以为是自己敲坏了某根水管，不久却发现情况不对劲。

我感觉整间屋子开始震动，浑浊的水横冲直撞，暗流下各种玻璃碎渣和散落的钉子蠢蠢欲动。我蹚着水跨上了床，和脚边男人的尸体一样，我对上涨的水位束手无策。

屋子脆弱的木板被冲破临界点，巨大的水压在墙上撞出一个缺口，强烈的旋涡把我卷入其中，呛了好几口水，漂白粉的味道很重，没等脑袋冒出水面，我就被冲出了屋子，如同游乐园里的激流勇进一样，眼看我就要被冲下瀑布一样的悬崖。

一根不锈钢杆子突然竖在我面前，就在经过杆子的一刹那，我手脚并用缠住了它，身体一下子就感受到了水流的冲击力。所幸我抱着的是一根非常坚固的杆子，身后深不见底的悬崖激起阵阵水雾。完全搞不明白哪里来的这么多水，这到底是个什么鬼地方。

肆虐的水浪正在慢慢瓦解刚才囚禁我的屋子，那具男尸连同床，在我面前打了个转，淹没在了倾泻而下的水流之中。

这才发现这间只有一层的平房外墙面是鲜艳的红色，倾斜的屋顶上写着大大的白色英文字母：

P-O-O-L。

水池？

这是在讽刺我现在的状况吗？

没等我想明白，屋子终于被肢解了，仅仅几秒钟之内，它在我面前崩塌，四分五裂地冲向我，我尽力躲避着碎片，可手肘和膝盖还是被撞伤了，力气也正在慢慢耗尽。

刚才那扇包着锈铁皮的大门，正压着水花，直愣愣地冲我而来，速度之快就像一辆刹车失灵的卡车。

轰隆！

随即而至的剧痛让我知道自己是被撞上了，身体脱离开那根杆子，我开始急速下坠，离心力将我的内脏往上抛去，心里一阵空虚。

"完了！"我大喊一句，耳边水流的巨响，让我连自己说话都听不清楚。

闭起眼睛，在坠入水面的那一刻，我的脑海中只有一个最大的疑问还没有找到答案：

是谁想要杀了我？

Y

Y形的岔路，两条截然相反的路在我面前延伸向未知的远方，究竟该往左还是往右？

死里逃生的我已经浑身湿透，因为剧烈奔跑直喘粗气。每从肺里呼出一大口气的时候，就感觉喉咙火辣辣地疼。

天色开始暗了下来，夕阳下的街道房屋变成了一个个黑色的剪影，令我完全分不清方位。下班赶路的人群和车流，让我不确定身后有没有人在追我。要是被那些人抓住，可能连命都保不住了。

身上的衣服从里到外湿了个透，奔跑时的汗水带着身体的温度挥发，风一吹我不由得打了个冷战。腿上的伤口沾了汗水，也一下接一下地刺痛着我。

岔路口的转角上，一家二十四小时营业的便利店亮起了招牌灯。我拉紧衣领，朝便利店跑了过去。

"叮咚"一声，电动门自动滑开，满脸青春痘的男营业员站在收银台后面，热情地向我打着招呼。

我没有理睬他，走到角落的投币电话旁。我的手机丢了，好在我记得妻子的手机号码，便赶紧给她打过去。

我抬头看见安装在便利店死角里的反光镜，镜子里的营业员正偷偷盯着我，目光交汇之际他匆忙看向别处。

妻子的电话无人接听，我又重拨了好几次，听筒里依然只传来长鸣的滴声。没准因为医院妇产科里不允许使用电子产品，妻子才没办法接电话。

我这样安慰自己，暂且放下听筒，右手袖管里一阵瘙痒，我翻起袖口，黑色蝙蝠的文身明晰可见。刚文上图案的皮肤结了痂，摸上去有点粗糙，我怕挠破皮肤，就隔着衣服搓了两下图案的边缘。

柜台里的收音机正播报实时新闻，警察发现了一名男子的尸体，怀疑是抢劫杀人。凶手戴着口罩和墨镜，正携带赃款潜逃之中，事发地点离便利店不远。

听见这条新闻，我怀疑自己是否见过凶手，可一时又想不起来。

这位抢劫杀人的凶手本来已经被警察包围在一栋高层建筑的天台上，结果却不可思议地消失了。下楼的通道都有警察把守，所有走出来的人身份都经过确认，天台附近没有其他高层建筑，建筑外立面全是光滑的玻璃幕墙，没有可供攀爬的梯子和脚手架，凶手却从容逃脱了。在场的警察都无法相信，直到被劫的赃款被发现在别处使用，凶手逃脱一事才被确认。

我没再多想，打算先买包烟再继续打电话，低头把脸埋在衣领里走向柜台，突然发现自己的鞋尖上有东西，便在货架旁蹲下来擦了擦，发现居然是血。我慌忙把鞋面擦了个干净。

便利店的自动门响起"叮咚"声，没等我站起身子，就听见有人恶狠狠地喊道:"打劫!把钱统统交出来!"

从货架的空隙间,我看见一个戴着鸭舌帽,穿一身黑衣的年轻人,朝营业员挥舞着手里的刀。年轻人显得十分狂躁,不时警觉地扭头看向门外的街道。

营业员被对方手里的刀震慑,高举双手,完全不知所措。

"快!打开收款机!"年轻人吼道。

营业员颤颤巍巍地把收款机里的钱都交了出去,但是他偷偷按下柜台里报警按钮的动作没有逃过我的眼睛。

便利店通常都有和警察局联络的系统,一旦触动报警按钮,警察就会收到提示,三分钟之内可以抵达。

这么大的动静,没准会引来追我的那些人。到时候,我在这个狭小的便利店里很容易被瓮中捉鳖。

为了自保,我打消了见义勇为的念头,撇下营业员,开始往门口挪步,尽量不往收银台的方向看,摆出一副躲避是非的样子。

"站住!"我听见年轻人冲我喊道。

我没有停,反而加快脚步往门口走。

路边停着一辆红色的摩托车,一名戴着同样款式帽子的年轻人等候在外。他的个子很高,坐在摩托车上用修长的腿抵着地面,看见我冲出来,他翻身下车,亮出凶器挡在了我的面前。

前后夹击,我无处可逃。

"把钱交出来!"冰冷的刀锋抵在了我的脖子上。

"我只是来打个电话,没带钱。"我摊着手说。

"没钱你跑什么?"从便利店出来的年轻人指着我鼓起的后背说,"你衣服里藏了什么东西?"

"没什么!"

我有点慌了,侧跨一步想躲过刀锋,却被揪住衣服按在便利店的玻璃墙上。

衣服的后摆被掀起,插在我裤子后面皮带上驼色的包被硬生生扯了出来,高个子的年轻人打开包,厚厚一沓浸湿我汗水的纸钞被抽了出来。

"发财了!"两个年轻人欣喜若狂。

我挣开束缚,伸手去夺包,露出了手上的文身。看见黑色蝙蝠文身的两个年轻人愣在了原地,我已经能听见远处的警笛声了。

"他这样的人,我们可惹不起啊!"高个子的年轻人提醒同伴。他们显然对抢我的钱有所顾虑。

还没等我们反应过来,一辆玻璃窗全部被贴成黑色的面包车疾驶而来,在便利店门口急刹车。车里冲出来几名壮汉,不由分说将两个年轻人手里的凶器打飞,压着脸朝地面重重地砸了好几下,直到两个人都不动弹了为止。

没人在意散落在地上的钱,店里的营业员目瞪口呆地看着这一幕,目送我坐上黑色的面包车。沉重的车门将警笛声和整个世界都隔绝在外面。

面包车启动,我回望着赶来的警车擦身而过,松了一口气。身边坐着的壮汉让我安心,我知道他们是自己人,因为车里的每个人手上都有和我一样的文身。

"是老板派你们来救我的吗?"我看着车前进的方向,迟疑着追问道,"是要带我去见我妻子吗?"

没人回答我,气氛有一点怪异。

坐在我左边的壮汉,掏出了一个黑色的头套,试图给我套上。

"这是干什么?"我闪避着脑袋。

依然没人说话,我只觉得自己的双手和身体无法动弹,被好几只铁钳一样有力的手按住。我瞅准机会,对着左边的壮汉一头撞去,顿时他的眼角崩开了一道血口子。

紧接着,一记重拳就击中了我的脸,无数的星星在眼眶四周打转。

一片黑暗袭来,什么都看不见了。随之呼吸也变得不那么畅快了,从套住我脑袋的黑色头套上闻到了血腥味。

我的手被绳子捆住,又狠狠地拉紧了死结。听见被我撞伤的壮汉骂了我一句脏话,又是一拳,命中了我的后脑勺。

防空警报般的耳鸣中,我似乎听见了妻子的声音,她在叫我的名字:

"张曦……张……"

轮胎压到了某个坑洼,车身一个颠簸,我感觉到腿部的口袋里有某样东西硌着了我,那是我准备送给妻子的礼物。

我攥紧了礼物,生怕被甩出面包车。

X

X光探测仪从上到下检查了我的全身,表情冷酷的保安对我说:"张先生,进入之前必须要进行搜身检查。"

说完,保安对我露出了狡黠的笑容。

我展开双臂,保安摸遍了每一个口袋。

"这是什么?"保安摸到我口袋里一个凸起的物体,"能麻烦拿出来吗?"

"只是私人物品。"

"这是规定,请您配合……"

保安态度坚决，我只得从口袋里拿出一个小盒子，喜庆的红色外壳上，印着名牌珠宝的LOGO。

"只是一个戒指。"

"能打开看看吗？"恪守职责的保安不依不饶。

盒子里是一枚女式的白金戒指，是我在刚经过的一家珠宝店里买的，打算作为送给妻子的礼物。

"张先生，您戒指的盒子不能带进去。"

我取出戒指，随手把盒子丢给了保安，没好气地说："这样总可以了吧！"

确认没有任何不便携带进入的物品后，保安倒退一步，朝我弯腰致歉。

在我身上贴了一个号码牌，示意我可以进去。

我面前是长长的走廊，鸦雀无声的走廊尽头是两扇富丽堂皇的大门，门边笔直站着两个西装笔挺的男人，犹如两尊雕塑般一动不动。当我踩着柔软的红色地毯走到门前，两个男人弯下腰，恭敬地帮我拉开了门。

门内一派歌舞升平的景象，许多衣着光鲜的男女围在几张桌子前，肆意挥洒着他们手里的筹码。

一个系着黑色领结的服务生，捧着托盘为我送来了一杯香槟酒。他看了看我身上的号码牌，与耳麦里的同事低语了几句，满脸笑容地对我说："张先生，您的贵宾房已经准备好了，请您跟我来。"

我跟着服务生穿过大厅，拐进僻静的边厅，来到一扇密码门前，服务生掏出门禁卡，为我刷卡开了门。

我深呼一口气，推门走进贵宾室。

贵宾室是一个大约四十平方米的房间。房间里灯火辉煌，正中间摆了一张很大的方桌子，桌面包了绿色的台布，二男一女三个人分坐在桌子的三个方向，他们面前的桌子上摆着彩色的筹码，高高一沓。房间的一角有一扇小窗，里面坐着兑换筹码的工作人员。

看见我进来，原本正在聊天的三个人不约而同地和我打起了招呼。

剃了光头的男人名叫武均，他是这家地下赌场的股东之一，我曾经在他的赌场里工作过两个月，他待我不薄，而今天的局正是他组的。

"张曦，你小子终于来啦！迟到这么久，韩姐和阿坤等得都没兴致了。"武均摸着他后脑勺的文身埋汰我说。

韩姐和阿坤都是这个赌场的常客，嗜赌成性，最关键的是他们都很有钱。除了武均，我和其他两个并不熟悉，今天来这里只有一个目的，就是赢下他们的钱。

"各位不好意思，取钱耽误了点时间。"我拿出装钱的包，摩挲着汗津津泛着油光的皮革。

"快去换筹码！"武均不耐烦地朝我摆着手。

我来到小窗边，将鼓鼓囊囊的包放在窗台上。

长相甜美的工作人员移开小窗上的隔音玻璃，问我道："先生，您换多少筹码？"

"十万！"我抽出十沓捆扎整齐的纸币，递进了小窗。

她有点意外，再次确认道："十万吗？"

我点点头，收到了一个标记为十万的筹码，这是贵宾室最低面值的筹码，也是每次下注的最下限。

韩姐鄙夷地看着我手里的筹码，嘲讽道："钱没带够就来玩，这点钱还不够输一局的。"

"就是。"阿坤附和道，他责怪武均，"现在贵宾室的门槛这么低了？要饭的都可以进来了？"

武均也没想到我只换这点钱，拼命给我使着眼色，我假装视而不见。

"急什么，钱有得是！"我翻开包，露出整沓的现钞，挑衅道，"有本事就来拿。"

"小子口气挺狂！"阿坤脾气很急，拿起桌子上的纸牌，熟练地切了起来。

今天玩的是梭哈，阿坤给每人先发了两张牌，一张扣着的底牌，一张亮出的明牌。

我的明牌是一张K，四个人中最大，武均示意由我决定这轮的下注额，我翻看了一下我的底牌，也是一张K。

"十万！"我把所有的筹码都丢了出去，袖口不小心剐蹭到了我的底牌，底牌翻了个面，虽然我以最快的速度遮住了它，但还是让一桌人都知道我有一对K了。

笨手拙脚的我出了洋相，他们自然而然会下注。

"跟十万！"

"才十万，我当然跟！"

"跟你！你只有十万，这副牌接下来拿什么下注？"阿坤拿起牌，又给每个人发了一张明牌。

然而，发给我的依然是一张K。

"明牌一对K的最大。张曦，还是你来定这轮下注的金额。"武均提示道。

"这轮不押。"我拍拍面前的桌面，说道。

三张K，所有人都知道。

阿坤恼怒地将自己的牌扔进了牌堆，放弃了下注。虽然还有两张牌没有发，但无论后面两张牌是什么，他的牌都不可能大过我的了。

"我也不要了。"

韩姐和武均也都跟着阿坤,放弃了这轮的下注,也就放弃了上一轮下注的钱。

我将桌子中央的筹码拿到了自己面前,转眼工夫,我的本金增长了三倍,从十万转瞬变成了四十万。

之后我又陆续赢了好几把,桌面上的筹码也渐渐多起来。阿坤老是在针对我,我每赢一局,他就埋汰我手气太好,转动着他手腕上玫瑰金的手链,对我念叨古里古怪的咒语。他赢的时候,还不忘讽刺我太过胆小,不敢押下重注。

牌局渐渐变成了我和阿坤的较量,武均和韩姐摸到的牌都不大,已经输了不少筹码。经验老到的武均知道自己今天牌运不济,他很清楚,牌局上最怕的就是输了想翻本的赌徒心态,于是提议今天再玩最后一局。

已经连续玩了一个多小时,大家都有些疲惫,也都赞同武均的提议。

刚发两张牌,韩姐就搓揉浮肿的眼睑,兴奋地说道:"这把牌轮到我回本了!"

韩姐的明牌很大,是红心的A,由她下注。

她下了一半的筹码,武均揉着他的脑袋,踌躇犹豫之后,放弃了这局。

我和阿坤跟着韩姐下了注,获得了继续拿牌的资格。

又发了两轮牌,韩姐的三张明牌竟然全部是A。阿坤只有一对十,虽然我不知道阿坤的底牌,但显然他无法赢了。

"妈的。"阿坤舍弃了自己的牌和刚才跟下去的筹码,给自己点上烟,坐着看我和韩姐的对决。

我捏捏瘪塌塌的口袋，问阿坤讨了根烟抽。

阿坤将烟盒丢给我，没好气地说道："别浪费时间了，到底跟还是不跟，爽快点！"

我翻开烟盒，里面只剩下了最后一根，我抽出香烟，将烟盒揉作一团，点起香烟，猛吸了两口，才平复激动的内心。

从牌面来看，我只有单张的二、四、五，与韩姐三张A相差悬殊，可是我所有的牌花色都是黑桃。很有机会连成一副同花顺，同花顺是梭哈里最难成功的，但也将是大过一切的牌。

"我跟！"

"你确定？"面对韩姐那么强势的牌面，武均有点质疑我的判断。

"发牌吧！"我斩钉截铁道。

武均替我和韩姐各发了最后一张明牌，我摸到了黑桃三，成功将单张的牌串联成了绳子。注意到韩姐的嘴角微微上翘，她摸到的那张牌是黑桃六，这几乎是一张将我逼上绝路的牌。

依然是韩姐决定下注额，她几乎倾囊而出，扯着沙哑的嗓子："全下了！"

我感觉到腋下一滴冰冷的汗滴流向肋部，桌子上垒起了上百万的筹码，透过缭绕的烟雾，武均和阿坤都在注视着我，气氛令人有点窒息。

烟卷里的烟丝就快烧到过滤嘴，我掐灭烟头，最后翻看一下我那张扣在桌子上的底牌，为了防止牌被看见，我双手拢起，在牌上形成一个半圆的遮挡。

我推倒面前所有的筹码，不但跟了韩姐的筹码，还加高了赌注：

"Show hand！"我摊开双手，赌下所有筹码，一局定胜负。

这局牌从纯粹的博弈，演变成了心理游戏，对我如此自信地加大赌注，韩姐反而有点迟疑，对于底牌的自信让她也下定决心。

"全跟了！开牌！"韩姐喊道。

我首先亮出了自己的底牌，一张黑桃A，是韩姐唯一缺少的一张A。牌被我紧紧攥在拇指和食指之间，几乎被我撕碎了。A-2-3-4-5，组成了一把黑桃的顺子。

"同花顺！"阿坤手舞足蹈地嚷了起来，看起来比我还要兴奋，有种看热闹不怕事大的感觉。

对面的韩姐露出难以置信的表情，她翻起一半底牌的手又慢慢收了回去，我的底牌让她无法拿到四个A。她全身止不住地颤抖，怒视着我的眼睛，良久，她泄愤般地将手里的底牌扔进了牌堆，将椅子蹬倒在地，怒气冲冲地离开了贵宾室。

见惯这种场面的武均，平静地提醒我去换筹码，然后他和阿坤先后走了出去。

扣除所需交付给地下赌场的抽水，总共赢了两百多万，零钱我付给小窗里的美女营业员当小费了，她也热情地为我扎好现金，递来一只黑色的箱子。

清点了数目无误，我整了整衣服，提着沉甸甸的箱子，春风得意地离开了这家地下赌场。

第一次携带这么多现金，我被花花绿绿的钞票搞得神经分分，从走出地下赌场的刹那，我就时刻警觉注意四周，生怕有人来抢我的箱子。

撕下进赌场时贴在身上的号码牌，走在熙攘的大马路上，我故意闯了两个红灯，确定没有被人跟踪，这才原路折回，拐进一条小巷中。巷子两边墙壁上都是彩色的涂鸦，尽头有一面铁丝网封住了去路，铁丝网的后面站着一个熟悉的男人。

阿坤已经脱去了赌场里的那身西装，换上了黑色的运动套装，手里提着一只驼色的包。方才对我充满敌意的他，与我隔着铁丝网相视一笑。

在我进入赌场之前，阿坤早就在地下赌场里埋伏了，这一次的赌局就是让阿坤作为我的内应，他在发牌的时候动手脚，我每一把都可以拿到最大的牌。

"没人跟着吧。"阿坤望了望我的身后，才放心地问道，"赢了多少？"

"两百二十三万，全都在这儿了。"我举起黑色箱子拍了拍。

"接下来交给我吧！"阿坤示意我将箱子从铁丝网上面扔到他的那边。

"我要的东西你带来了吗？"我问。

"当然。"阿坤走近铁丝网，展开一张白纸，上面是有我的笔迹写的欠条。数目算不上很大，但绝对是我目前无法偿还的。

"其他东西呢？"

阿坤拉开手里驼色包的拉链，里面撑满了簇新的大钞，他又麻利地拉起了拉链，一抬手就把包扔过了铁丝网。

我接住包，能感受到里面报酬的重量，虽然和赢的钱比起来只是九牛一毛，但这笔钱足够解我燃眉之急了。

我也依照约定，将黑箱子扔过了铁丝网。

阿坤打开箱子，把里面成捆的现金装进了自己带来的布袋子里，勒住袋口，往肩膀上一扛。从铁丝网的间隙之中，把那张欠条塞给了我。

"保重！"

都没等我回答，阿坤转身消失在我的视野之中。

曾经欠下高利贷的我，终于走出了人生最阴暗的时期，有种重获新生的感觉。我用打火机，点燃了这张欠条，看着它在手里慢慢烧成灰烬，直到快烧到手指，我才抛下这团烟灰，任其散落满地。

包里的现金如假包换，整整十万元，都是刚从银行取出来的连号纸币。在两沓纸币之间，我突然发现了一张牌，我抽出来一看，是一张黑桃A。

隐约有种不祥的预感。

最后一局牌的时候，我正是假借抽烟之名，从阿坤那里借到了烟盒，拿出了他藏在烟盒里的黑桃A，我的手掌足够大，能够将一张纸牌完全覆盖住，藏在手里不至于被发现，这才成就了我的同花顺。输钱的阿坤自然不会被怀疑成做手脚的人，他那几把发牌，都偷偷换牌给我发了最大的牌，让我不会输钱去换更多的筹码。没有人知道阿坤曾经是个魔术师，在发现参与赌局比魔术赚得更多的时候，他精湛绝伦的手法就有了用武之地。

事实上，我只带了十万元，包里除了用来换筹码的钱，其他都是假币，根本不能兑换筹码。

最后那把牌我摸到的黑桃A，并不是桌子上唯一的一张。假如韩姐的那张底牌也是黑桃A的话，武均肯定会发现有人在牌局上做手脚，正是基于这点考虑，我才抢在韩姐之前摊开底牌，无论如何她再摊开一张黑桃A的话，都会让人觉得有问题。

但阿坤为什么在给我的钱里，要放一张牌呢？他对纸牌如此敏感，一定是刻意放在里面的。

一分钟后，我就明白了这张牌的用意。

小巷口，武均气势汹汹地冲了进来，身后跟着好几名服务生。他们手里都拿着亮闪闪的长刀，一见到我，就举刀杀了过来。

被发现了。

我把包塞在了后腰的皮带上，跳上铁丝网，拼命往上爬，抓住横在顶端的铁杆，使尽全力翻了过去。武均正好也跑到了铁丝网前，长刀砍在铁丝网上发出清脆的响声。

手臂和小腿上都被铁丝刮出了伤口，好几处都流血了。

"敢来我的地盘耍花样！"武均双手叉腰，指挥手下攀爬铁丝网。一旦被他们抓住，肯定落得非死即伤的下场。

居然这么快就追到此处，一定是有人出卖了我。

我急忙捡起地上的扑克牌，胡乱塞进裤子口袋里，毫不犹豫地往反方向逃去。身后一群人的脚步声渐渐迫近，我把收进裤子里的白衬衫下摆扯了出来，甩开膀子，不顾一切想要摆脱这条笔直到底、毫无障碍物的大路。

品尝到了被背叛的滋味，我实在有点接受不了。

W

将 WWW.BUILDPOOL.COM 的网址输入计算机，页面正在跳转，屏幕中央一个小圆圈不停转动着。

身旁一双怀疑的眼睛正盯着我，这个男人不是别人，正是红镇帮会的老大——熊嵩。从我加入红镇帮会的第一天就听说他生性多疑，对手下信任度很低。

因为我的手机丢了，里面重要资料都没了，只能通过网页来证明自己没有背叛帮会。

极高建筑公司的网站出现在了屏幕里。极高建筑公司是一家从事水利工程的私营公司，因为大规模的投资项目匮乏，逐渐转向城市规划的建筑项目，例如修筑景点的喷泉、建造游泳池等。

我滚动鼠标，极高建筑今年的重点项目——露天游泳广场的征询率，维持了近半年的99%，今天成功变成了100%，这意味着项目可以正式启动了。上升的一个百分点，消耗了极高公司大量的人力物力。

将笔记本显示屏上的信息转向我面前的男人，男人皱起脸上难看的皮。我看不懂那是高兴还是恼怒的表情。

熊嵩长了一张阴阳脸，但并非天生如此。关于他脸的事迹帮会里无人不知。红镇帮是熊嵩一手创立起来的，当时红镇帮不像现在这般壮大，还处于和邻近帮派争夺地盘的火并之中。在红镇商铺最多的街道，熊嵩只身一人被敌对帮派团团围住，身上被砍了数十刀，最严重的一刀砍在他左边的脸颊上，身负重伤的他像一头发疯的野兽一样，杀出一条血路。当他回到帮会里，第一件事情就是杀了他最得力的一名手下。后来所有人才知道其中缘由，因为那天只有这个手下知道熊嵩的去向。自此之后，熊嵩仿佛失去了对所有人的信任，他总是行踪神秘，对招募帮会成员也是筛选严格，只有通过测试才可以正式加入红镇帮会，见到熊嵩的真容——那张半边如野兽般的脸。

今天是我第一次见到熊嵩的样子，我完成了他交代给我的任务，正式加入了红镇帮会。最重要的是我可以拿到完成任务的报酬，给急等医药费的妻子送去。

红镇帮会租了市区写字楼的一层楼面，挂名注册了一个理财投资公司，而实际以收取自己地盘里店家保护费为主要业务。除此以外，帮会也开始经营自己的生意，诸如收放私人抵押贷款之类的，但总与暴力行为脱不开干系，渐渐地就会有一些大型企业，其中不乏十分有名的企业寻上门来，希望帮会可以帮忙处理一些债务上见不得光的事情。

正是这种游离在法律边缘的职业，危险与金钱并存的刺激感，让我对帮会产生了浓厚的兴趣。

最里面那间办公室,文身师正在调试文身的描摹工具,每一个正式加入帮会的成员,都要在手臂上文一只黑色的蝙蝠,就好比一个骑士的勋章,以证明得到了熊嵩的信任。

熊嵩慢条斯理地从桌上的木盒里取出一只雪茄,半闭着眼睛向我递了过来。

我恭敬地接过雪茄,刚想道谢,熊嵩就朝里面那间办公室挥挥手:
"张曦,你进去吧。"
"是。老板!"

我来不及点燃雪茄,就夹在耳朵后面,走进了文身师的房间。我把右手搁在了椅子旁的靠垫上,文身师戴起口罩,开始用优碘和酒精帮我消毒,涂上一只蝙蝠的转印,我看见一些不成图形的线条,文身师沿着它们开始描绘。有一点点疼,但还在我的忍受范围之内。显然,对文身师来说这个图案他已经文了很多次,手法熟练地完成了我的文身。我的手臂有点红肿,文身师给我涂了点药膏,说过几天可能会很痒,让我尽量别去碰它,很快就会好。

我沉浸在正式加入红镇帮会的喜悦之中,今后的收入肯定会比以前打工赚得多,不然我怎么会冒这么大的风险,加入这样的帮会呢。正想着去领这次任务的报酬,熊嵩把我叫进了他的办公室,关上门,拉上了玻璃隔墙上的百叶窗。

我看见办公室里的沙发上坐着一个男人,他戴着口罩和墨镜,样子神秘兮兮的,他的左手正把玩着一只打火机,右手戴着一根玫瑰金的手链。

熊嵩慢慢抚摸着他脸上的伤疤,斜眼打量我问道:"听说你老婆生孩子了?"

"是的。"

我如实回答，只是不知道他为什么提起这件事，我不记得自己在他面前提起过。

"你现在正式成为帮会的人了，想赚比这次任务更多的钱吗？"

"怎么赚？"我略显着急的语气出卖了我缺钱的状况。

熊嵩和沙发上的男人相视而笑起来，沙发上的男人对我说："摊开你的手。"

"什么？"他的态度让我有点恼火。

"给他看看你的手。"熊嵩用命令的口吻对我说。

我不情愿地朝男人摊开手掌，掌心向上，潮热的手汗闪着油亮。

男人捋起玫瑰金的手链，用他的手掌跟我比画了一下大小，然后朝熊嵩点点头。

"你先去换身衣服，抓紧时间赶去完成任务。"熊嵩看我还在犹豫，又说道，"事成之后，你的外债我帮你全部清零。"

说完，他把打火机举到我面前，扳动开关，一束幽蓝的火苗晃动着。

我踌躇地站在原地。

"你也可以拿走你这次任务的报酬，慢慢还你的外债。"熊嵩拿出一沓纸币，甩在了办公桌上。与其说他的态度轻描淡写，不如说是以退为进，把所有的包袱都扔给了我。

我从耳后取下雪茄烟，凑近熊嵩举着的火苗。烟点着顿时冒出一股青雾，空气里弥漫开略带香甜的味道。

"老板，听你的。"

分了上一个任务的钱，我们开始谈下一个任务的价码。

沙发上的男人终于摘下了口罩和墨镜，露出了庐山真面目。

"欢迎你加入我们的任务!"

V

V的手势代表胜利,我面前的不锈钢旗杆上,就挂有这样手势的旗帜。

这便是我的任务。我正对着的废墟堆中,还有仅有的一幢房子矗立其中,这面旗子便是这房子的主人挂在上面的。

这幢房子里住着唯一一位还在与房地产开发商对抗的屋主,他是一名六十多岁的男子,性格固执得就像一块岩石,任凭谁也无法将他从房子里赶走。

我都快用油漆将他的房子整个喷成红色的了,在这屋子墙上不知道写过多少个"拆"字,我甚至都不记得"拆"这个字写起来笔画里到底要不要加最后那一点了。

房地产开发商为了征收这块土地,在拍卖会上付出了高额的土地转让金,一旦没有在转让期限内开始动工建设,不能顺利让所有住户迁出这块土地,土地使用权将被收回,重新进行拍卖。房地产开发商承受不了这么大的损失,不惜一切代价,委托了熊嵩来帮他们劝退屋子里的男人。

美其名曰劝退,实际是对于住在里面的居民进行骚扰和威胁,以达成让他搬走的目的。

每天对他进行骚扰是熊嵩交给我的任务,眼看就快到最后的期限,这个男人依然没有搬走。必须采取行动了。

必要的时候,采取极端手段也在所不惜,在上亿的损失和一条人命之中做抉择,房地产开发商又怎么会选择前者呢。

刚想推开铁皮包裹着的木门,裤子口袋里传来一阵震动。

是妻子的来电。

"你怎么样了?"我问道。

电话那头有点嘈杂,妻子的声音不是很清晰:"医生说我要提前进产房了,可是费用还没补齐。"

我咬了咬嘴唇,说:"你先进去,我马上拿到钱就过来找你。记得,让医院给你安排最好的医生和病房。"

即将降临的孩子,需要用另一个人的生命来交换。我的心情实在有点复杂。

能听见警笛声向同一个地方汇聚,视野里一栋二十多层建筑物的顶上,一个人影在闪动,空旷的天空作为背景,这个人看起来格外显眼。似乎和警笛声迫近有关系,他惊慌地在楼顶上奔跑,跑到了东南角,他探身往楼下看了几次,随后拉起了外套的拉链,整理身上的背包,纵身跃了下去。

我的心被揪了起来。

是自杀吗?自杀为什么还要背包呢?

但很快我就有了答案。

一个黑点急速坠落,最终他没有掉在坚硬的水泥地上,而是准确无误地跳进了巨大的蓄水池里。

看着他浑身湿漉漉地爬出蓄水池,我总算松了口气,心情也莫名变得轻松了一些。

还有正事要做,我推开屋子的门,走了进去。

房子的主人姓徐,具体的名字我也不是很清楚,我就管他叫老徐。我每天都需要过来"工作",久而久之,老徐也和我熟络了起来。

一进门香气扑鼻而来,老徐把我拉到了他的卧室里:"小张,怎么才来啊！我饭菜都准备好了，快坐快坐！"

老徐基本都在他的卧室里活动，几乎所有的生活用品都堆在了不足十五平方米的卧室里。客厅里的家具被砸得所剩无几，窗户上的玻璃也都碎了，为了防止遭到攻击，他都把窗户钉上了木板，封得死死的。

虽然这些破坏都是我干的，可老徐一点都不怪我，他理解这是我的工作，只是他真的不想从这所老屋子里搬走。老徐告诉我，他不是为了坐地起价多拿动迁补偿款，他只是希望自己能终老在这所屋子里，他是在这屋子里出生的，从成年到结婚、生子、妻子的离世，这里见证了他的一辈子，沉淀了他所有的情愫。已经年近古稀的老徐，希望开发商不要拆掉他的屋子，等他离世以后，他愿意无偿将屋子赠送给开发商。

只是项目已经启动，时间就是金钱，连几个月都等不了，更何况要等几年甚至十几年呢。

我和老徐相对而坐，举杯灌下一大口酒，我又给自己满上了。

"小张，你有心事啊！"

老徐一喝酒，脸就会红到脖子根。

我没回答，只顾闷头喝酒，又干了一杯，呛得眼泪都快出来了。

"吃点菜！"老徐给我夹了一筷子菜，又说道，"是不是你老大又给你压力了？没事，除了一样东西，你想砸什么随便砸，反正都是些不值钱的东西。"

老徐所说的那样东西，是一张挂在床头墙上的黑白照片，照片上的老太太抿着有点瘪塌的嘴，额头和眼角布满了蜿蜒的皱纹，粗糙发黄的皮肤依然盖不住她眼眸里闪烁的光芒，看得出年轻的时候应该是一位非常漂亮的女子，也怪不得老徐对她如此着迷了。

我不知该如何启齿，递给老徐一根烟，两个人一语不发地抽起烟来。没一会儿工夫，不大的房间里烟雾弥漫，我几乎看不清坐在对面的老徐的脸了。

烟灰缸里满是蓝色的烟蒂。烟盒里还剩最后一支烟，我抽出烟，把烟盒揉作一团。

"老徐，今天你要不就把合约签了吧。"我借着递烟，终于憋出了这句话。

"咱别提这事！不然你就给我出去。"老徐态度强硬，一把打掉了我手里的香烟。

"今天他们给我下最后通牒了，你再不搬，可就要对你采取行动了。"

"你别再劝我了！"老徐有点生气。

"你再不签，可就再也见不到你儿子了。"我听老徐说过，他的儿子在国外工作，两三年才回来探望他一次。

老徐站起来，把我往外面攮："你还是走吧。我不想和你吵。"

他的手摸到了我插在后腰的东西，一根金属的甩棍。老徐有点意外地望着我，他知道只有在需要用甩棍的时候，我才会带着它。

"老徐，我劝你再想想……"

老徐阻止了我说下去，也不再推我："什么都别说了，陪我吃完最后这顿饭。"

这顿饭是我这辈子最难下咽的，老徐反而敞开胃口，吃得比平时多得多，酒菜全都清了盘。

老徐满意地打了个饱嗝，昂头挺胸地对我说："来吧！他们让你怎么干你尽管来！"

实在有点下不了手，我愣在原地。整个动迁计划就像一部巨大的机器,一旦运转起来就无法停止,我就像这部机器中的一个渺小的零件,身不由己地执行着程序任务。

老徐说我和他儿子的年纪差不多,看见我就想到他的儿子也是逼不得已地去做一件自己不愿意做的事情。在国外工作更是如此,没有人帮助他,唯有完成任务才能迈上成功之路。

正是因为这一点,老徐才会十分配合我。

"别磨蹭了。"老徐抬腕看了看手表,对我说。

想到在医院等我的妻子,我开始动手了。我把他的双手分开绑在了床架上,怕绑得太紧,我刻意打了双环扣结。然后用喷漆在他卧室的墙上喷满了"拆"字,整个卧室有一种谋杀现场的恐怖感觉。

我把老徐的头发拨乱,用手机对准他连拍了几张照片,看起来效果还不错,就像我把他弄得半死不活一样。

趴在床上的老徐不知道我在干什么,问我到底动不动手。

我拍拍他说:"你刚才喝多了,先委屈你这么躺会儿,等我去完医院回来给你松绑。"

我替他吹灭了蜡烛,整个卧室一下子浸入了黑暗之中。好让老徐安稳地睡上一觉,我只要掐着晚饭的时间赶回来就行了。

偷偷摘下墙上老徐妻子的遗像,我合上卧室的门,开始盘算接下来该怎么办。

据我所知,房地产开发商在老徐屋子旁的废墟堆高处,修葺了一个临时蓄水池,打算明天下午打开蓄水池,淹没老徐的屋子,到时候所有的证据都会被水冲走,老徐的尸体和他挚爱的屋子一起消失。在那之前,开发商还是希望不要以生命为代价,能够和平解决老徐的动迁问题。

而我只要能够完成这个任务,熊嵩就可以拿到开发商的委托金,而我也可以得到这个任务的报酬。眼下，我伪造老徐的签名，先把动迁协议签了。明天蓄水池放水的时候，把绑着的老徐从屋子里弄出来就行了。

当务之急是我在医院里的妻子，再交不出医药费，麻烦可就大了。

抽了太多的烟，嘴里一阵苦涩。

加入帮会的初衷，本就是为了赚钱。年幼时会觉得成为帮会成员是很酷的一件事，但成年之后，渐渐明白作为帮会的一员并不受主流社会的欢迎，虽然赚得多一点，但生活完全是一团糟，随时都有在街头被人追杀的危险。

我要的这点小伎俩，还不知能不能瞒过熊嵩，没准他一开始就准备要了老徐的命，而我只是一个用来替他背黑锅的棋子。

不再愿意往下想，在准备好的动迁协议上签了老徐的名字，才想起自己根本不知道老徐全名叫什么。

胡乱潦草地在"徐"字后面涂上一个字。等我回来的时候一定要问清楚老徐的全名。

我从外面将甩棍插在门闩上，用力拉了拉，门关得很牢。

头顶上，房地产开发商将建设的项目名称，制作成了巨大的英文单词——POOL，悬挂在老徐的屋顶。

阳光在大门上映出一个瘦长的影子，和整面被红漆涂得乱七八糟的墙一样，看起来不是那么美好。

手里遗像上的徐夫人，难得从阴暗的房间里出来，看见久违的阳光，笑容变得格外灿烂，仿佛在对我说：过了今天，一切都会好起来的。

我默默记住今天的日子，十二月十一日。

志野的愤怒

1

当志野蹑手蹑脚走出母亲房间的那刻,他整个人像是见了鬼一样,被吓得倒吸了一口凉气。

"妈,你怎么回来了?"志野偷偷把手藏到了身后。

"我买早餐的时候才发现自己忘记带钱了,看我现在这个记性!你快让开,别挡着道!"母亲匆匆绕开志野,刚走了几步,转过身一脸疑惑地问道,"一大清早你跑进我房间做什么?"

"我想让你给我带一份早餐来着。"志野瞎掰道。

"你手里拿的什么?"母亲注意到了他不自然的双手。

"没东西啊……"志野乱了阵脚。

母亲猛然意识到了什么,快步走进房间,拉开大衣橱里的抽屉,放着钱的信封明显变薄了。

"志野,你怎么又偷家里的钱了?"

"我没有。"

"没有?"母亲走近志野,提高了声音,"你让我看看手里拿的是什么?"

志野一言不发,肩膀随着背在身后的手臂颤抖着。

"你还记得向我保证过的事吗?"

"记得。"志野依旧埋着头,轻轻地回答道,"我保证再也不会偷家里的钱了,不然……"

"不然我就会报警。这次我绝对不会心软了。"母亲一把拎起了电话听筒。

"妈——这次真的是有事。"

"你不要喊我妈,我没养过你这个贼骨头。"

志野狠狠地点了点头:"好,你报警吧!为了一千块钱就把自己亲生儿子抓起来,您真是个好市民、好母亲,真是有正义感呀!"

穿透窗帘的晨光有一种难以察觉的萧条感,母亲的侧脸被勾勒出毛茸茸的光晕,显得格外年轻、平静。

"这次又是为了那个肖默?"无须志野回答,母亲也知道答案。

提到"肖默"这个名字,屋子里的两个人都平静了下来。

"志野,我们家不欠肖默了,你也不欠肖默了,为什么你就是不明白呢?"母亲咬着嘴唇问道,"你究竟还要这个样子到什么时候?"

志野蹙起眉头,扬了扬手里的钱,说:"这钱就算我向你借的,以后我会还给你的。"

"志野!"

没有理会母亲的叫唤,志野留下沉重的关门声。

良久,母亲才意识到耳边的噪声是还响着的拨号音,便缓缓搁下话筒。她和志野心里都清楚,报警只是她口头上说说而已,她实在没有大义灭亲的勇气。

自从三年前发生了那件事情之后,儿子志野就像变成了另外一个人。

这已经不是志野第一次偷偷从家里拿钱出去了,前两次被发现以后,原以为志野会痛改前非,也会放下那件事。志野曾在她面前保证,与肖默断绝往来。

然而今天看见的这一幕,将母亲的希冀全部化为泡影。

拉开窗帘,微粒在光线中散乱一团,外头的云层薄得像一块洁白的丝巾,不知是眼睛受不了突如其来的阳光,还是内心泛起了苦闷,母亲的眼角变得湿润起来。

她轻轻抹去脸颊上的泪珠,却抹不掉心头的阴霾。

志野母亲刚放下的电话机响了起来,电话那头是一位警官,他用厚实而又平静的嗓音说道:

"太太,三年前您儿子车祸的肇事司机今天被捕了。"

2

飞快从家里逃离出来,一路狂奔,直到听见来自热闹街头的嘈杂声,志野才停下脚步。外面下着蒙蒙细雨,他在街角弯下腰,撑着膝盖,大口大口地喘着气,上一次自己在大街上这么狼狈还是三年前,不过都是因为同一个人。

初识肖默是在中学三年级,那时夏天伊始,大家都在为了八个月后的升学考试而努力,校园里到处可见埋头苦读的同学们。作为一个特例,志野并没有陷入那样的紧张气氛中去,因为成绩优秀,他在中学三年牢牢占据了年级第一的位置,将身后的追赶者远远甩开。全市最好的高中已经为他敞开了大门,只要正常发挥,升入梦寐以求的高中几乎是板上钉钉的事。

每天的午休,志野习惯一个人在校园里闲逛,走在教学大楼北侧的林荫小道上,他总忘不了抬头看看三楼的窗户,不知道半夏的侧脸什么时候会出现。

志野暗恋半夏这件事,就和他的成绩一样出名,校园中几乎无人不知无人不晓,不过让当事人志野困扰的是,半夏对他的态度似乎很冷淡,每次志野主动搭话时她总是爱搭不理。为了改变这种状况,和半夏进一步拉近关系，志野决定在半夏生日的时候，送一份令她惊喜的礼物。

可这件礼物到底选什么呢？这比解开一道二次函数的数学题难度高多了。好在半夏的生日还早，志野踱着步正在发愁，忽然瞥见不远处蹲着一个人，鬼鬼祟祟地在墙脚边，手里不知在忙乎什么。

志野心里一紧，开学以来，学校里经常发现小动物尸体：被挖掉眼珠的猫咪，四肢被打断的小狗……这些动物都是被人故意虐待后杀死的。教务处也展开了调查，不过还没有找到真凶。大家也都好奇干出这么残忍事情来的，会是怎样的一个人。

志野走的这条林荫小道就曾经发现过几具小动物的尸体。学校食堂的窗户对着小道，野猫野狗时常会被这里弥漫的食物气味吸引过来。

眼前的这个人，会是凶手吗？

不知何时，志野的脚边探出一个毛茸茸的小脑袋，顺着墙根一路小跑向蹲着的那人。

啊。原来是一只黑白相间的小狗。

蹲在地上的人看见有小狗跑过来，脸上露出了笑容，一把抓住小狗后颈，把它提了起来，小狗的四只爪子在空中胡乱挥舞着，那人将另一只手伸进裤兜里掏着什么。

危险！

志野急忙跑了过去，大声喝止。

那人怔在了原地，和小狗不约而同转过头来看着志野。这才看清那人的脸，油腻腻的头发和脸颊，鼻梁上布满了雀斑，淡淡的眉毛下面，双眼皮的眼睛也算不上漂亮，整张脸看起来毫无生气，如果不是穿着校服，倒像是一个厌世的流浪汉。

"志野？"

对方居然喊出了自己的名字。本来凭着救狗的一时冲动跑过来的志野，现在反倒不知道该说些什么了，好奇地问道："你认识我？"

"我可是认识你很久了，虽然你不认识我。"男孩放下了手里的狗，从口袋里掏出一根火腿肠，他剥包装纸的方法很特别，从中间旋转火腿肠，最终将它分成了两段。他拿着一截在手里逗小狗："欢欢，快吃吧。"

小狗绕着他的裤管蹭了几下，男孩将火腿肠往远处丢去，小狗撒开腿跑向了食物。

"刚才我还以为你是那个专门杀小动物的凶手呢。"志野松了口气，笑着说。

"我叫肖默，三年二班，可以和你交个朋友吗？"他边说，边在校服上擦拭手上火腿肠的油腻，朝志野伸出了右手。

吃完火腿肠的小狗扬起脑袋，发出满足的咕噜声，冲着志野奶声奶气地叫唤了一声。

"志野，三年一班，很高兴认识你。"志野露出皓白的牙齿，握住了肖默的手。

对于和肖默的这次相识，志野印象并不深，只记得那天欢欢摇着尾巴顽皮地钻进了食堂的窗户，以及肖默冰凉的手掌。

这件事很快就被志野抛在了脑后，他的心思全放在了半夏的生日礼物上。

而那次握手以后，志野感觉仿佛自己多了一个影子，在回家的公交车上，在棒球的社团里，或者是在做早操时的操场上，志野总会不经意地看见肖默的身影。而每次志野的眼神和他有接触，肖默只是略带羞涩地低下头去，就像是故意跟着志野一样。

为了半夏的生日礼物，志野几乎翻遍了图书馆里所有言情小说，还是没找到满意的答案，小说里净是些陈腔滥调毫无诚意的表白。志野每天都会跑去图书馆找灵感，他是图书馆的管理员，手里有图书馆大门的钥匙，放学后偷偷返回图书馆，在角落打开一盏小小的台灯，独自在黄黄的光晕中寻找灵感，在天色完全暗下来之前离开。志野保守着自己的这个秘密，本以为没有人知道这件事，直到某一天，他偶尔发现，自己被跟踪了。

那天，志野照例躲在图书馆，本该没有人的走廊传来了一阵脚步声，还伴随着一连串金属碰撞声。

志野的心提了起来，他知道是管理图书馆的老师来了，那是他腰间钥匙串发出的声音。

正犹豫着，老师已经走到了图书馆门外，透过门上的小玻璃窗，他看见了台灯的灯光。

"是谁在里面？"

志野能很清晰地听见老师的声音，以及速度加快的金属碰撞声。志野握着书的手在抖，整个人僵硬得动弹不得，他连动一下身子藏到桌子下面去的勇气都没有。

老师利落地打开了图书馆的门，脚步声听起来很谨慎，只要拐过第一排书架，他就能看见已成惊弓之鸟般的志野了。

"是谁在那儿？"老师停下了脚步，他的语气听起来不像试探，而是已经看见了志野。

既然被抓个现行，志野慢慢从椅子上站起来，还没等他开口坦白，突然，老师转身飞奔出了图书馆，好像突发了什么紧急的状况，几秒钟后，他和他的钥匙声消失在了走廊的尽头。

趁着这个机会，志野将书本插回书架，关掉台灯，一路下楼来到教学楼的北侧，从食堂里的小窗户钻出去，那是配送食材时用的窗户，只能由食堂的工作人员从里面打开。志野跳到窗外，合上窗户之后，回想刚才在图书馆里差点儿被发现的情景，心有余悸地喘了口气。

可是，老师为什么突然离开了呢？

这个问题，志野在两天后早晨操场上的校长训话时，找到了答案。

肖默跟在校长后面走上领操台。他低着头，两只手紧贴两边的裤缝，每一步都走得小心谨慎。

校长在话筒前清了清嗓子："近来发现有同学在放学后还故意滞留在学校里，并且私自进入图书馆，在被老师发现后，还对老师实施报复行为，致使老师手臂骨折。故学校对肇事的肖默处以记大过处分，以儆效尤。"

校长宣布完处分结果，接着由肖默朗读他的检讨。志野站在领操台下的第一排，每一个字都听得真真切切，肖默检讨里供述的事情经过就好像在说志野一样。那天老师回到图书馆，将要发现志野之际，肖默突然出现了，手里拿着学校图书馆里的书，被老师逮个正着。可是就在下楼梯的时候，肖默伸手用力推了老师一把，老师从十多级台阶上滚了下去，导致右臂手腕粉碎性骨折。

听到这里，志野不由后怕起来，听得出肖默的所作所为是在跟踪自己，假设那天老师没有出现，学校里就只有志野和肖默两个人，他会做出什么不好的事情来吗？把老师推下楼梯的肖默，究竟是怎样可怕的一个人呢？

志野抬眼看去，发现读检讨书的肖默一直望着自己，还冲着自己露出一个不易察觉的笑容，那丝笑容很快就消失在肖默朗读的口型中。

也许是幻觉，志野这样告诉自己。

台上的肖默骨子里就和别人不同，志野对他忽然来了兴趣。

那天起，志野开始从隔壁同学那里打听起肖默的情况来。

3

肖默是个孤儿，从小和爷爷住在一起，据说他的父亲在他七岁的时候因为生意失败，在家开煤气和母亲双双自杀了，年幼的肖默因为睡在远离厨房的卧室里，被发现时还一息尚存，紧急送往医院抢救才保住了性命。

出院以后，不知是失去双亲后受不了打击，还是一氧化碳中毒影响了他的脑子，肖默在同龄人之中像个异类。在学校里，同学们都孤立他，而他的爷爷年事已高，没有办法来参加家长会。肖默学习成绩也早已跌出了高中的录取分数线外，为此也受过不少老师的批评。

午休时一个人与狗为伴，肖默的性格必定有乖戾的地方。

尽管志野心有愧疚，肖默是为自己背黑锅，可想到他是在跟踪自己，志野又觉得还是离他远一点为好。

志野开始改骑自行车上学和放学，课余时间也不走出教室闲逛了，图书馆彻底不去了，而唯一无法避免看见肖默的地方，只有学校的棒球社团了。肖默是近些日子才加入社团的，他并不擅长棒球运动，基础的传球和接球都做不好，而且对棒球也提不起兴趣。

志野穿着短袖，露出滚圆的手臂，在教练指挥声中练习空挥，握紧球棒，转腰击打，每一次用力挥舞出去的球棒，划过空气时都会发出"嗖嗖"的声音。额头上不断冒出的汗滴，悬挂在志野粗黑的眉毛上。

"擦擦汗吧！"

肖默如鬼魅般出现在志野身后，递来一包纸巾。

志野看见他额头没有一滴汗，气不打一处来，一掌打落了他手里的纸巾:"你干吗老是盯着我!"

"我们是朋友嘛!"肖默弯腰捡起纸巾,依然执着地递给志野。

志野被他彻底激怒了:"你看看你,像只跟屁虫一样成天跟在我屁股后面,你想干什么?你是不是脑子煤气中毒的时候坏掉了,我警告你,别再让我看见你了,否则对你不客气!"

志野用手里的棒球棍戳了戳肖默的肩膀,扛着球棒离开了球场。

不明状况的教练跑来,询问肖默:"你和志野怎么了?"

"没什么。"肖默轻描淡写地向教练解释道,"志野是我的好朋友,他怕我受伤,让我以后不要来棒球社团了。"

本来社团就缺人,还被劝退了一个队员,教练咬牙切齿道:"志野这个臭小子!"

而让教练意想不到的是,身边的肖默露出了满足的笑容。

考试的日子越来越近,大战在即,所有同学都进入了警戒状态,就连平日里顽劣的差生,也会硬着头皮背上几个英文单词。

就在这种剑拔弩张的气氛下,发生了一件让全校都为之侧目的事件。

虐杀小动物的凶手找到了。

一大清早,有人在操场角落的沙坑旁,看见一棵大树的枝干上悬挂着某样东西,开始还以为是个破旧的人偶,一位胆大的女生捡了根树枝,捅了一下。那个东西在空中转了半圈,露出一只血肉模糊的猫头。

一声尖叫划破长空,女生用连自己都不敢相信的速度奔逃着。几分钟后,教导主任以及几名男老师就来到了现场。

"最近这种事情越来越多了。"教导主任叹道。他已经处理了好几具被虐杀的小动物尸体，每次凶手都会用透明的胶带把小动物严严实实地捆绑起来，只露出一个脑袋来，然后使用各种手段来折磨动物。

"你说学校里谁干得出这种事？"两个在解树枝上绳子的男老师讨论着。

"肯定是心理有问题的家伙。现在这些学生，你别看一个个表面上阳光可爱，私底下指不定就是个大魔头。"

"没错，我们上学那会儿，哪有那么多事情呀。"

教导主任有意无意地听着他们的对话，眼睛则观察着那具尸体。被虐的是一只成年的虎斑猫，体形不算大，身体被透明胶带裹成了一团，只有脑袋和尾巴露在外面。头骨可能已经碎了，不仔细看根本分不清五官，曾经被血浸透的尾巴，上面的毛黏结成一块一块的，僵直地垂下。

"这是什么？"教导主任在和尸体位置一样高的树干上，意外发现了一个痕迹。

其他人也围了过来。

"像是被人砸过。"

"应该是凶手留下的吧。"

"你说凶手是故意留下的，还是不小心的？"

"那谁知道，你看这印子，要多大力气才能把树砸成这样？"

"这只猫死得一定很痛苦。"

大家你一句我一句，七嘴八舌讨论了半天，最后由总结能力强的教导主任，将大家的话归纳整理成了一条有价值的线索。

从尸体的状况和树干的凹痕来看，凶手使用的凶器是一件体积不小的钝器。这样的东西很难从门卫的眼皮底下带进学校，所以凶器一定在学校里。

最后,他们锁定了棒球社团的更衣室。

志野万万没想到,教导主任竟然从他的衣柜里,拿出了一根血迹斑斑的棒球棍。

"志野,这是你的球棒吧。"教导主任在办公室里,大声质问道。

紧闭的办公室门外一阵骚动。

志野不知道应该承认还是否认,他曾经手贱在那根球棒上刻了自己名字首字母的缩写。他一看见教导主任手里的球棒,就知道是自己那根了。

"听同学们说,你经常一个人在学校里走来走去,你是不是有什么心事?"教导主任话锋一转,开始从动机下手。

"没有,没有,我只是想找个清静点的地方想想事情。"志野总不能说自己是泡妞无方而郁闷的吧。

"你和同学们的关系怎么样?"

这个问题让志野犹豫了一下,他勉强答道:"都挺好的。"

事实上,高处不胜寒这句话就是用来形容志野的,成绩上的巨大优势,也给他招致了不少嫉妒,无形中,老师和同学对志野都有一种排斥感。借志野的作业本抄的人不少,真正算得上铁哥们儿的,反倒一个都没有。只是一心想着半夏的他,倒也不在乎自己狭窄的人际圈。

没有确凿的证据,也没人亲眼看到,教导主任问不出个所以然来,也不敢轻易下结论,毕竟志野是学校培养的尖子生,他打算汇报校长后再做定论。

志野从教导主任办公室出来,情绪有些低落,总觉得自己近来不太顺。才走了没几步,三个同学冲了过来,其中一人志野认识,是学校出了名的坏分子,外号"阿飞"。

阿飞走上前来,二话不说,揪住志野的头发,就扇了他两个大嘴巴。

"打死你这个变态！知不知道上次你杀的那只狗是谁的？"

没等志野回答，他又是一拳。"是我兄弟白龙带来学校玩的。你倒好，把它血都放光了。"

几个人骂骂咧咧，把志野推倒在地，拳打脚踢起来。

"住手！"是一个熟悉的声音。志野从打他的人两腿之间，看见了肖默涨红的脸。

看了一眼是肖默，阿飞不加理睬，威胁道："孤儿给我滚一边去。"

"快住手！"肖默冲进了三人的包围圈里，想把志野拉出来，不知谁在背后踹了一脚，肖默扑倒在志野身上，雨点般的拳头全落在了他的背上。

不知为什么，没有人来拉架，每次明察秋毫的教导主任也姗姗来迟，志野和肖默被扶起来的时候，已是遍体鳞伤。

"怎么打架呀。"教导主任对着志野和阿飞问道。

"没事。我们闹着玩的。不信老师你问志野。"阿飞嚣张地朝志野努了努嘴。

"明明是他打人。"肖默还想多说几句，被阿飞一个凶恶的眼神顶了回来。

"同学之间，有话好好说，打人是不对的……"教导主任虽然批评着阿飞，可态度却算不上严肃。

围观的同学都在议论纷纷，志野看见半夏也挤在人群里，她和身边的朋友交头接耳了几句，失望地退回了教室。

志野有些急了："你们是不是都以为我就是虐杀动物的凶手呀！"

虽然没人回答，但所有人的眼神都出卖了他们内心的真实想法。

"我不是凶手，你们相信我啊！"志野走向围观的人群。看见志野靠近,大家纷乱散去。教导主任摸着自己的耳垂,把目光瞟向了别处。

"我相信你。"

志野兴奋地回过头,发现是肖默,皱眉道:"你就别瞎掺和了。"

肖默掸了掸头发上的灰尘,坚定地说道:"我相信你,我知道你不是凶手。"

"你凭什么!"志野朝他吼道。

"因为我知道谁才是真正的凶手。"

志野第一次发现,自己厌恶的肖默眼神竟也可以如此坚定而又带给人希望。

根据肖默的推断,凶手在用球棒殴打那只猫的时候,猫的血一定会飞溅到凶手的身上。除了凶器之外,凶手的血衣是更有力的证据。凶手不可能穿着血衣出入学校或者上课,所以血衣也一定还在学校里。

寻找血衣的过程,远比找凶器来得漫长,整整一个星期过去,血衣依然没有找到。

志野开始对肖默的理论产生了怀疑,凶手把猫用透明胶布包裹起来,溅出的血量可能很有限,凶手如果在自己身上也缠了胶布,或者索性赤膊上阵,可能就根本没有血衣存在了。

一天找不到血衣,志野就多做一天嫌疑人。在原本可以昂首挺胸的同学面前,志野抬不起头来。

上课的时候,坐在志野身后的两个同学小声议论着。

"成绩好有什么用,是个变态。"

"以后到了社会上就是个祸害呀。"

志野忍无可忍,扭头大声地说:"你们给我住口!"

两个同学分开了聚拢的脑袋,挺直身子,装出无辜的表情。

"志野，你干什么？"正在写黑板的老师瞪着他。

志野鼓着两只鼻孔，怒视着后座的同学。突然，他起身将两人桌子上的文具全掀翻到了地上，两边的同学惊叫着避让开。

"你们不是觉得我就是凶手吗？那以后别再惹我，否则我就像杀死那只猫一样杀死你们每一个人。"说完，志野又蹬了一脚课桌，在众目睽睽之下离开了教室。

学校的柏油屋顶，在太阳的暴晒下，踩上去有些黏鞋底。志野避开惹人恼怒的柏油，走在突起的水泥梁上，歪歪扭扭走到了屋顶的边缘。俯视脚下，原本熟悉的操场变得迷你袖珍，同学都变得如同蚂蚁般渺小，不时有几声笑声传来，志野不知道他们是不是又在嘲笑自己。

从小到大志野都在勤奋学习，到现在才发现自己连一个朋友都没有，比起愿意和自己交朋友的肖默来，拒绝友谊的自己不是更可悲吗？半夏又怎么可能喜欢这样的怪物呢？

志野有些恍惚，脚下的大地也开始摇晃起来。

"志野，不要啊！"

肖默出现在屋顶上。他的脸上挂了彩，帮志野说话让他挨了不少揍。

"你不会以为我要自杀吧。我才没你父母那么蠢呢。"志野刻薄地说道。

肖默无动于衷，脸上没有一丝表情，只是冷静地说："你这样的人怎么会自杀呢？"

志野一愣："别以为你跟踪我，就好像很了解我一样。"

"我不是了解你，而是我们本来就是一类人。"肖默想了想补充了一句，"除了你的成绩和家庭。"他本来有些得意的神情黯淡下来。

尖酸或是安慰的话，志野一句也说不出口，走到肖默身边，拍了拍他的肩膀:"成绩的话,我应该可以帮上点忙。"

"真的?"肖默惊呼道。

"但我有个条件。"志野竖起一根指头。

"你说。"

"你好好练习挥棒,否则你这辈子都打不中球。"

"没问题!"肖默做了个潇洒的挥棒动作。

脚下的柏油依然黏稠,志野满不在乎地踏在上面,一次次纠正肖默的动作。

在大笑的时候,志野才意识到朋友是什么样子的,只有自己一个人的时候才敢肆无忌惮的样子,居然也可以在另外一个人面前展现。

闷热的天空传来一声惊雷,凉爽的雨季要来了。

4

两个人的友谊进展速度,和热恋中的情侣相比有过之而无不及。他们一同吃饭,一同自习。志野也不再骑自行车,而是和肖默一起回家。有时候周末的下午,肖默还会去志野家里补习,每次看见志野书架上满满当当的奖状和奖杯,肖默总是拿起来看半天,爱不释手。

志野爱拿肖默开玩笑:"你不是说我们是一类人吗?我会的你应该也会啊。"

"我一定会的。"每当这时,肖默似乎更加信念坚定地投入到学习中去。

偶尔,肖默会留下来吃晚饭,志野的母亲第一次看见儿子带朋友回家,每次都会兴冲冲地烧一桌子好菜,替肖默准备好他最爱喝的橙汁,再夹上满满一碗菜,笑眯眯地看着两个小家伙说:"你们俩就像对双胞胎，连爱吃的菜也一样。"

把饭菜消灭干净后，肖默都会主动帮忙洗碗，他说这些事平时在家里都是他干的。多了个人，志野和母亲都觉得家里更有温馨的感觉了。

这种莫名其妙的平衡，在某天肖默一个问题下，被打破了。

"为什么我一直没有见过你的父亲。"不知是有意还是无意，肖默看着一张志野的全家福问道。

"他不经常回家。"志野的回答很简短。

"是工作的缘故吗？"肖默追问。

"工作个屁！"志野情绪激动起来，"不是我妈赚钱养家，我早就饿死了。"

从志野的只言片语中，能够拼凑出一个他心目中父亲的轮廓。他的父亲是个商人，生意上的事情比较烦琐，所以回家的时间不多，但每次回家似乎都会闹得不欢而散，贴补的家用也少得可怜，最重要的是，父亲质疑志野不是自己的亲生儿子，每次喝醉酒都对母亲大呼小叫。

"你倒说说看是和谁生了这个杂种？我算来算去日子都不对，那段日子我都不在家里，你怎么会怀孕的？"

母亲总是一个劲儿地哭，解释了许多次，可每次父亲还是会这样质问她。

关于这个话题，志野只提起过这么一次，肖默也就不敢再多嘴。

形影不离的两个人在学校里被视为异类，但他们乐在其中，用志野的话来说，这是他中学最开心的一段时光。

随着肖默的成绩节节攀升，考试的时间也临近了。

而悬而未决的调查，影响到了志野的升学。如果有虐杀动物的污点,可能重点高中会重新考虑人选,留给志野证明清白的时间不多了。事件过去了几个月,找到那件血衣的希望也更加渺茫了。

好在天无绝人之路,学校里再一次发现动物尸体,让事情发生了转变。

凶手露出了马脚。

上午第一堂数学课,老师正准备从讲台里拿粉笔,却摸出来满手的血。这时,大家才发现一只黄狗的尸体被塞在了讲台里,全身布满了可怕的伤口,它的眼珠里已经有白色的蛆虫在蠕动。

但就在讲台内壁上,发现了一枚清晰可见的血掌印,还有一件白色的T恤衫,上面染满了鲜血。

所有见到这个掌印的人,都立刻知道了它的主人是谁。

六根手指的掌印,这个学校里只有阿飞一个人。阿飞的右手天生奇异,居然有两根大拇指,两根大拇指在指节处相接,像一根分叉的小枝丫。如此特别的掌印,就算有人想刻意伪造,也颇有难度。

也许有天赋异禀的手指,阿飞打人特别的疼,学校里被他欺负过的同学都非常恨他。他成为虐杀动物的真凶,在大家心里可谓实至名归。

很快,虐杀动物的阿飞就被"缉捕归案",几个老师把他送往了警察局,还通知了他的家长。

志野洗脱了嫌疑,虽说是件高兴的事,却也提不起高兴的劲儿来。

"你有没有觉得这件事有点奇怪。"食堂吃午饭的时候,志野用胳膊肘顶了顶身边的肖默。

"奇怪?有什么奇怪的?"肖默直起身子问,嘴里还含着一口饭。

"之前所有动物尸体都没有在教学楼里面出现过,这次居然放在老师的讲台里,而且也没有用到透明胶布,最后还粗心地留下了血衣。"

整件事情被志野这么一梳理，和之前几起虐杀动物比起来，就有了很多不一样的地方。

"可能是阿飞知道学校查得紧，可他又忍不住变态的嗜好，慌里慌张地草草了事吧！"肖默说。

"但你不觉得这次的黄狗很大吗？以前都是小猫小狗，要抓要杀都比较容易。"

"难抓所以才连胶带都没绑。"

"也不是没可能。"志野抚着下巴，"你说抓这只黄狗的时候，会不会被咬到？"

"我怎么知道？真是的，又不是我抓的狗。"肖默继续埋头吃饭，另一只手偷偷将手腕上不小心露出来的绷带藏进了袖口，他用筷子敲敲志野的碗，说道，"别想了，你快点吃，饭都凉了。"

也不知道志野听没听进去，他就像着了魔一样，在思索着什么。

"我想到了，终于让我想到了。"

看着志野兴奋的脸，肖默一下子停住了手里的筷子，问道："想到什么了？"

"看你紧张的，我想到了给半夏的生日礼物。"

肖默费力地咽了口口水，笑着说："你才想到呀。"

"还记得我和你第一次遇见时的那只黑白相间的小狗吗？"

"你说欢欢？"

"嗯。就是它了。"

"你别告诉我，打算把欢欢当生日礼物送给半夏？"肖默半信半疑地问。

志野信心满满地答道："半夏最喜欢的动物就是狗，她听说讲台里惨死的黄狗，还流眼泪了呢。"

在志野的恳求下，肖默把欢欢带回了家，从头到脚把它洗干净，还喂饱了肚子。他们找来一个小鞋盒，打算半夏生日当天，把欢欢装进鞋盒里送给她。

欢欢暂居肖默家的时候，志野去看过几次，每次去志野总觉得欢欢有些怕肖默，它时常把志野的身子作为屏障，和肖默保持一定的距离。

志野听说过一句话，狗最怕杀过自己同类的人，它们的鼻子可以闻出来那人身上的血腥味。

其实，志野也怀疑过那只黄狗是肖默杀死的。冒风险做这种事情，然后嫁祸给阿飞，只对志野一个人有好处。学校里除了肖默，志野没有第二个肯为自己做这种事情的朋友了。

虽然心中满是疑惑，可志野还是很高兴肖默这种为了友谊的举动。

几天后，教导主任在广播里告诉大家，阿飞坦承了自己杀死黄狗，塞进老师讲台里的全过程，而血衣的尺码也和阿飞吻合。

志野总算松了一口气，他拍拍后脑勺，自嘲着：我可笑的念头一定是因为推理电影看多了。

模拟考一结束，升学考就迫在眉睫了。不过，半夏的生日比升学考先一步到来。

这一次模拟考，肖默的成绩居然挤进了全年级前三，这样的进步几乎让所有人都大跌眼镜，包括替肖默辅导的志野。作为学校里尽人皆知的死党，他和志野之间的差距正以不可思议的速度缩小，他们两个人在各方面都越来越像了。

只有一点除外，那就是在半夏面前的表现。

为了送礼物的时候不至于在半夏面前出丑，志野决定还是委托肖默代他将欢欢交给半夏。

放学回家的路上,志野怀着忐忑的心情,站在公交车的站台等候着肖默的好消息。志野胡思乱想着半夏看见表白信后的各种反应,她到底会不会接受自己呢?

肖默很快从后面赶了上来,做了个酷酷的胜利手势。

"肖默,你真是我的好朋……"

"友"字还没从志野的嘴里说出来,一部黑色的小轿车歪歪扭扭驶上了人行道,挡风玻璃后是一个戴着鸭舌帽的男人,整张脸陷在围巾之中。轿车在撞倒了一排护栏后,径直朝着志野和肖默冲来。

在危急关头,肖默做出了一个让志野终生难忘的举动,他把志野推出了轿车行进轨迹外。没有任何刹车措施的小轿车,将肖默高高抛起,又从他的两条腿上碾了过去。

颠簸后的小轿车终于停在肖默血肉模糊的身体前,尾部的排气管冒着白烟,脱落的前车灯耷拉一侧,只是司机始终没有下车。

又一声引擎的轰鸣,黑色轿车发疯似的驶向拐角,逃离了志野的视线。

重归平静的街道,除了摇摇欲坠的护栏,连空气似乎都凝固了。睁大双眼看着一动不动的肖默,志野心中涌起无法呐喊的绝望。

血,悄无声息地渗入地面的裂缝中。

5

再次回忆起三年前的事故,志野依然心有余悸。在那起车祸中,肇事司机醉驾逃逸,当事人志野和肖默都没有记下车牌号码,他们也认不出肇事车辆的车型,现场找不到其他目击证人。缺乏有效的追查线索，仅凭黑色的小轿车这么简单的描述，警方很难追查到肇事车辆。

更不幸的是，车祸中肖默的双腿严重受伤，医生不得不选择截肢。

肖默的爷爷听闻噩耗，万般气愤却也无可奈何。加上为了手术奔波筹措，爷爷积劳成疾，本就年迈的身体出了状况，在肖默出院后没多久，就因病去世了。

更为沉重的负担一下子压到了肖默的肩膀上，他必须学会在轮椅上独自生活。志野的母亲替肖默承担了拖欠的医药费，还亲自去肖默家照料了一段时间，这样的一时之举虽然无法改变肖默悲惨的命运，但志野的母亲希望以这样的行动来消除志野心中的愧疚，以免影响他的升学考试。

志野在车祸中毫发无损，眼睁睁看着肖默为救自己，被截去了双腿。他就像被抽掉了大脑里主管思考的那根神经，一片茫然，车祸时的一幕幕仍在他脑海中回放着。

车祸以后，志野只和母亲一起去过两次医院，母亲和肖默的爷爷攀谈着，了解了病情的他们忍不住唉声叹气。志野隔着病房厚厚的玻璃，望着插着输液管的肖默，膝盖处包裹着白色纱布，双腿残缺的形状看起来令人触目惊心。

"我想留一级。"

当志野把这句话说出口的时候，脸上就结结实实挨了父亲一巴掌，五根血红的手印慢慢从皮肤上凸现出来。

"有话好好说，别打孩子。"母亲替志野吹着脸颊，劝道，"志野，你爸爸说得也没错，事关你的前途，你自己不能糊涂呀。"

"我想好了，再读一年。"志野拧直了脖子，又说了一遍。

"你当老子的钱是偷来的是不是？你不是老子亲生的，老子养你这么多年已经仁至义尽了。"父亲又要动手，被母亲好不容易架了下来。

可母亲也没有幸免于难，父亲骂道："你这个女人也不是好东西，这个家早晚给你搞散了。"

"志野，你为什么要留级一年？"母亲问。

"我要和肖默一起上高中。"

志野抹抹眼角的泪珠，坚定地说道。

他早就做了决定，只是告知父母一下而已，毕竟考试是自己亲笔写答案，谁也无法左右他的成绩。

志野以创纪录的全科零分，顺利重修一年。

也就在这一年，志野的父亲以此为借口提出离婚，志野的母亲终于还是未能保全一个完满的家庭。

肖默出院后，志野把自己留级的消息告诉了他。

"因为你是我最好的朋友啊！"

当肖默问起原因的时候，志野这样回答道。

志野希望他们俩还能像从前一样，他换到了和肖默同一个班，几乎每天都和肖默形影不离。他推着肖默轮椅的身影，总出现在教学大楼北侧的林荫小道上，只是每次志野抬头时，早已没有了半夏的侧脸。

渐渐地，志野发现他所做的一切，只是自己的一厢情愿罢了，肖默的性格变得越来越怪了，他们的关系也如同进入了寒冬一般。

上课时间之外，除了志野肖默不愿意和任何同学共处一室，他要志野每天换不同的饭菜，而且不愿吃隔夜饭。以前志野教过他的题目，肖默不知是不是故意，总是让他反复解释上好几遍。

他们虽然考上了同一所高中，但并不是志野理想中的学校。

志野没有后悔，和车祸失去双腿、亲人比起来，这样的付出实在微不足道。志野的忍让换来的只是肖默变本加厉的无理取闹，到了高二，毫无经济来源的肖默开始以志野的名义向高利贷借钱。

"志野是我的朋友，有什么事你找他。"肖默借钱的时候这样告诉放高利贷的人。学校里谁都知道，志野是肖默最好的朋友。

以朋友的名义借钱，志野觉得玷污了"朋友"这两个字。

可是肖默对志野的劝告充耳不闻，总是满不在乎地说："谁让我们是朋友呢？"他的语气听起来就像一个无赖，似乎在说"我的腿因为你变成这样，你现在花点钱不应该吗"？

志野面前的这个人，开始变得陌生起来。

从家里偷出来的一千块，是志野最后一次为肖默还债。他决定结束和肖默的关系，就算救过自己的命，三年里欠肖默的也该还清了吧。

雨越下越大，屋檐滴下的雨水已经连成了线，在地上激起阵阵水花。

志野坚定了决心，拉起外套挡住头发，往肖默家快步走去。

"志野。"

志野听见有个熟悉的声音在身后叫自己的名字，居然是多年未见的阿飞。阿飞和三年前有了很大的改变，身上少了原有的痞气，整个人看起来时尚了不少。

"你怎么在这儿？"虽然阿飞不再是从前的小痞子，但志野还有几分忌惮。

自从虐杀动物的事件之后，他们俩就再也没见过，阿飞在承认自己的行为后，被送去了工读学校，一年后鬼使神差地和志野考上了同一所高中，而且还是同一年级。

"我特意来找你的，这个周末的化装舞会，你有兴趣参加吗？"阿飞诚恳地邀请道。

"我？"志野有点犹豫，"恐怕不行吧。学校里我没什么朋友。"

"你不是和那个肖默关系挺好的吗？叫上他一起吧！这事我已经和他说过了。"

"他同意了？"志野认为肖默一定会拒绝。

"他答应了。化装舞会的地点也定下来了，你就和他一起参加吧。"阿飞做了一个推轮椅的动作，说，"不然他那个样子也不太方便。"

"既然如此，我知道了。"对于阿飞的盛情，志野实在无法拒绝。

"说起那个肖默，有件事不知道该不该告诉你。"阿飞踌躇的样子反而勾起了志野的好奇心。

"没什么事不能和我说的，我和他可是好朋友。"说这句话时志野心里都别扭。

"这事你知道？"阿飞不由压低了声音。

"什么事？"

"就是三年前我被送进工读学校的那件事。"

对于当时的事件，志野一直持保留意见，事件恰好发生在决定志野高中命运的时候，志野也一度怀疑过是肖默杀了那只黄狗，可是阿飞承认了罪行，这才打消了他这个念头。

"其实我不是真凶，那只狗也不是我杀的。"阿飞道出的真相并没有让志野大吃一惊，却揭开了肖默不为人知的一面。

阿飞在模拟考试前，从老师办公室偷出了考卷并且复印了一份，打算第二天放学后再把试卷放回办公室。前一天阿飞就把那份试卷藏在了教室的讲台里，他料定那天不会有人打开讲台。可当他第二天去取试卷的时候，讲台里只有那只狗的尸体和那件血衣，血手印也正是那时候他不小心印上去的。讲台里除了狗的尸体，还有一张纸条，纸条上警告阿飞要承认虐杀动物的行为，否则就把他偷试卷的事情公之于众。

事后阿飞权衡了利弊,虐杀动物最多进工读学校之后还能重返校园,但如果是偷试卷的行为被发现,不但要进工读学校,还有可能被学校除名。最后,阿飞决定扛下虐杀动物的罪名。

志野回想起那次模拟考,肖默成绩进步的幅度让他咋舌。

"可你怎么知道那是肖默干的?"虽然答案和自己想的一样,但志野还是希望阿飞能够有切实的证据让他信服。

"我也是最近才知道的。"阿飞说,"杀死黄狗的人被那只黄狗咬伤了,在黄狗的嘴里我看见了一片碎布。碎布在狗的舌头下面,所以凶手可能没有发现。有一天,我在学校里偶尔发现了肖默的一件红格子外套和碎布片的花纹很像,于是我偷偷检查了他的衣服,打过补丁的地方和碎布片的形状一模一样。我拿着碎布片去找他,他虽然死不承认,但我一看他的脸色就知道是他干的。"

肖默确实有一件红格子外套,在袖口的地方也的确打过补丁,阿飞没有理由编造这样的细节。

"记得一定要来参加化装舞会哦!"阿飞再次提醒道。

志野终于明白肖默为什么会爽快地答应阿飞的邀请了。

肖默行动不便,总是敞开后院的窗户,好让志野每次都从那里爬进家,而这只是他们之间众多秘密的其中之一。

"这是我最后一次替你还钱了,以后你别再问那些人借钱了。"志野把钱放在肖默的膝盖上,转身要走。

"你等等。"肖默喊住了他,"其实我是用这钱给你准备了礼物,就放在角落里。"

"礼物?"

志野看见墙角摆着一个纸板箱,上面还贴着快递单,看日期确实是刚买了不久。

"你试试看,喜欢吗?"肖默笑着挠挠自己油腻腻的头发。

箱子里是一套红蓝相间的蜘蛛侠服装,那是志野最喜欢的动漫英雄。

"这是干吗?"

"阿飞没找你说化装舞会的事情吗?"这套衣服是肖默为志野准备的服装。

虽然钱是以自己名义借的,可肖默是为了送给自己礼物,志野原先准备要说的决裂的话,现在一句也说不出口了。

"还是你了解我,就和我了解你一样。谢谢!"志野意味深长地说。

"记得周末的化装舞会要穿来我家。"肖默指的是他的礼物。

"你家?"

"对啊!你不知道?"

"阿飞的化装舞会是在你家举办?"志野诧异道。

"没错。"

肖默假装轻轻咳嗽了一声,用手挡住了嘴角露出的古怪笑容。

6

三年前夺去肖默双腿的车祸,肇事的主谋竟然是志野的父亲。因为生意上的失败,志野的父亲急需填补资金上的空缺,他想到了开学时学校强制为志野购买的保险。保额虽然不高,但也足以让他支撑上一小阵子了。

从黑市购买了报废汽车,志野的父亲坐在驾驶座上,在放学路上等候着儿子的出现。想着自己替别人养了十几年的儿子,现在是拿回报酬的时候了。当他开车撞向志野的时候，汽车的方向盘有些失灵，操控的时候出现了失误才会误撞到肖默。

让人大跌眼镜的是，志野父亲的口供有着出人意料的一点。他告诉警察，在车祸发生的那一刻，肖默并不是把志野推向安全的地方，而是想把他推到飞驶而来的车头。志野的父亲从驾驶座里非常清楚地看见这一切，只是失灵的方向盘使得汽车跑偏撞上了肖默。

对于志野父亲的证词，除了肖默自己承认之外，警方也别无查证的方法，况且肖默已经双腿截肢，道德上来说，再对肖默做出法律的制裁也略显严格了。

除了一个人不这么认为。

母亲从警察局归来，把这一切原原本本告诉了志野。

一直以来，肖默用谎言维持着和志野的友谊，志野想到这些年来，为了一个想置自己于死地的人而付出这么多，被朋友的名义欺骗到现在，比起父亲，志野更加憎恶肖默。

适才被礼物软化的心，已经坚定不移地决定要让肖默付出代价了。

要让他死，就算死也不足以补偿。志野想到自己本该顺利进入全市重点高中，以名校生的身份赢得半夏的芳心，人生的道路一帆风顺，成为母亲的骄傲，让父亲明白他的大错特错。而如今，一切都未能如愿，志野在浑噩中度日如年，被一个双腿残疾的恶魔所牵绊，内心的创伤如影随形挥之不去。

周末的化装舞会，是下手的最好机会。

这不是志野第一次有杀人的念头，前一次是三年前。他在图书馆里偷偷查阅数据，就是想在日常生活中寻找一种毒药，能够让人吃下去即刻毙命。

那时，他恨透了父亲，是肖默的出现让他放弃了杀人计划。志野一度以为肖默洞察了他的杀人计划，所以才跟踪自己。

讽刺的是，三年后，这个计划将在肖默的身上得到延续。

一支香烟中所含的尼古丁成分是 1mg，它的致死剂量是 40mg，通过用过的香烟过滤嘴海绵，就可以收集足够量的尼古丁，接下来就是如何提取它们的问题了。

将所有的过滤嘴浸泡在一杯水中，待海绵中所有的尼古丁成分溶入水中，开始加热这杯水，通过反复的过滤蒸发，剩下棕色的油状液体，就是最致命的浓缩尼古丁了。家里的锅碗瓢盆外加煤气灶就足够完成这一过程了。

在那些猫猫狗狗身上，志野早就做过实验了。每次父亲回家对他和母亲大发雷霆以后，志野都会拿出那些猫狗的尸体，用透明胶布包起来，想象那是父亲的头颅，用球棒或者小刀发泄着怒气。

为了覆盖尼古丁本身强烈的气味和颜色，志野将它溶入了橙汁里，而且鲜榨的橙汁本身所具备的苦涩可以覆盖一部分它的味道。

化装舞会到来的当晚，志野准备妥当，只要在舞会上让肖默喝下他最爱的橙汁，就大功告成了。舞会上有数不胜数的饮料，警察又如何去分辨出肖默是喝了谁买的橙汁，或是谁递给他的橙汁而中毒的呢？

作为肖默最好的朋友，志野的嫌疑会是第一个被排除的吧。

入夜时分，天空像是被蒙上了一层又一层的黑纱，直到阳光再也照射不到地面，整个大地陷入一片黑暗。

志野穿上蜘蛛侠的服装，带上他"精心调配"的橙汁出门了，可到了肖默家门口，里面似乎没有想象中歌舞升平的景象，只有客厅里亮着微弱的灯光。

照例，志野绕到后院，从肖默为他留了一条缝的窗户爬了进去。

手里拿着橙汁妨碍了志野的行动，他以狼狈的姿势爬进窗户。屋子里毫无化装舞会的迹象，除了缺少肖默和他的轮椅，和往常没有一点不同。戴着蜘蛛侠的头套让志野的视线有些模糊，低头撑着地板还没来得及站起来，窗边的那片窗帘忽然闪了一下，志野的余光瞥见一把轮椅朝他冲了过来，伴随着一阵挥棒时的空气摩擦声。

重重的一记砸在了志野的后脑勺上，脑壳涌上一股热流，眼睛瞬间充满了滚烫的液体。他向前栽倒，鼻子磕在地上的酸痛感让他没有丧失仅存的一点意识。

"为……什……么……"戴着蜘蛛侠面具的志野已经无法完整地说出一句话了。

"你早就该死了。"肖默掂着手里的棒球棍得意扬扬地说道。

志野努力睁大眼皮，不让自己昏迷过去，他想要弄明白究竟是怎么一回事。

"你真好心，还给我带了橙汁呀。"肖默弯腰捡起了橙汁，放在腿上，他双手推动轮椅来到了电话旁边，拨打了报警电话。

他伪装出惊慌失措的声音："喂！喂！你们快派人过来，出事了，出大事情了，我杀人了……不是，不是谋杀，可能是一个小偷，他翻窗进了我家，我用棒球棍打了他，他流了好多血，好像快死了。你们快来人呀！"

志野明白肖默为什么要买蒙面的蜘蛛侠服装送给自己了，这是肖默伪造误杀入室盗贼计划的一部分。警察赶到之后，肖默只要说自己以为志野是盗贼而袭击了对方，那么误杀的说法就有很高的可信度，毕竟蒙面进入任何人的家里，都会被认定是不怀好意的。

志野后悔当时没有向阿飞核实举办化装舞会的地址，当时肖默和志野谈到舞会时，他试探出志野对舞会地址并不知情，才谎称是在自己家里举办。

其实那天,肖默也接到了关于肇事司机被捕的电话,他知道自己所有的伪装都将被拆穿,杀人计划也在那一刻酝酿而成。

肖默挂断电话,重新折了回来,注视着地上的志野。

"志野,你还以为我是你最好的朋友吗?"肖默大笑起来。从地上的角度看肖默,他的样子有点狰狞。"你早就应该在那起车祸里死掉,而不是我失去双腿。如果当时你死了,那我就可以取代你的一切了。你想象一下,我的成绩可以代替你考进重点高中,你的母亲失去了儿子,会把我当成亲生的一样看待。还有半夏,哦,对了,提到她,你还记得让我转交给她的礼物和情书吗?我把情书的名字都改成我的了,要不是出车祸,我就找机会在学校的屋顶上对你下手,你一死,你的一切就都是我的了。"

志野干裂的嘴唇动了动,想问什么却又发不出任何声音。头上的血开始在地上汇聚成小溪,缓慢地蔓延开来。

"你是想问我为什么要这样对你吧?"肖默冷笑起来,他的笑声在夜晚的屋子里听来令人毛骨悚然。他自问自答道:"当年是我打开了家里的煤气,打算和父母同归于尽,那时我已经对这个世界绝望了。我看见了你虐杀那些小动物,我知道你和我是同一类人,可是我们的生活却有着天差地别的不同。这不公平,我要拿走你的生活,那才是我应该过的生活,而不是和爷爷窝在这个家徒四壁的房子里,天天计算着手里的钱够不够熬到月底。不!不应该是这样的!可为什么老天要让我变成这样呢!"

肖默情绪激动地捶打着自己的双腿,志野做出了一个"活该"的口型。

肖默骂了句脏话,又举起了棒球棍:"信不信我砸得你妈都认不出你来？"

可他心里清楚，这一棍不能砸下去，不然他的计划就会从误杀变成自卫过当甚至是蓄意谋杀。就算是盗贼，在失去抵抗能力的情况下，也不允许痛下杀手。

抬眼看了看时钟，警察马上就要到了。说了太多的话，感到口干舌燥的肖默随手拧开腿上的橙汁，灌下了几大口。

志野已经连抬眼皮的力气都没了，气若游丝地俯卧在地，好像一只静候猎物的蜘蛛一动不动。

他并没有死，他只是在节省自己的体力，他知道几分钟后，赶来的警察会发现肖默中毒身亡的尸体，自己虽然伤重，可还是会获救的。

早就告诉过肖默，好好练习挥棍动作，这一棍他又打偏了。

不听好朋友的话，迟早是会吃亏的。

我的弟弟是名侦探

1

我不是迈克洛夫特,但我有个和福尔摩斯一样的弟弟。

弟弟在村里名气很响,下到三岁奶娃,上到八十三岁老妪,无人不知他是村里的名侦探。

在四岁那年,他一战成名。

当时超市不像现在这么普及,自助购物还是个新兴玩意,在大城市打了几年工的薛叔,瞅准了这个商机,夫妻俩前前后后筹备了半年,终于赶在春节前,在村头的大马路旁竖起了超市的招牌。

超市里的商品琳琅满目,不仅有吃有喝,有日常用品,还有小家电,连衣服裤子都有卖,一举解决了村民置办年货的需求。他们再也不需要跑上十几里地去赶集了。

薛叔的超市一开张,生意就像薛嫂脸上的高原红,如火如荼。

舅舅也爱凑热闹,带着弟弟去逛超市。超市里人头攒动,仿佛东西不要钱一样,每个人手里都拎着满满当当的货物。薛叔笑呵呵地招呼着大家排队付款,薛嫂麻利地操作着收银机。舅舅也给弟弟买了不少零食,领他排在了队伍的最后。

不知为什么,弟弟一直捏着鼻子,对舅舅说:"臭臭,臭臭。"

舅舅以为他拉裤子上了,一检查,发现不是。又问他是不是想上厕所,可弟弟直摇头,依然捏住鼻子,怪声怪气地说着臭臭。

舅舅权当是小孩子在顽皮,没放在心上。

很快队伍就要到他们了,排在他们身前的男人和薛叔争执了起来。

看衣着打扮男人应该是城里人，说起话来声音不大，语气却咄咄逼人。男人前天来薛叔的超市买了一套黑色运动衫，今天拿来退货，说是运动衫的拉链有质量问题。

薛叔试了试拉链，确实有点不顺手。

"这拉链我帮你涂点蜡行吗？"

"不是涂点蜡就能解决的，老板您还是退货吧。"

"小伙子，你别乱说，这哪是质量问题！"

薛叔也是头一回遇到退货的事情，村民们都围拢过来，薛叔生怕处理不好，坏了自己的名声，开了退货的先河。

"这新衣服我才买了两天，遇到这种问题，过年再穿这身那才晦气呢。"男顾客不依不饶。

双方各执一词，互不相让，排队的、围观的，超市里挤满了村民，一片喧闹。

这时，弟弟走到了那件有质量问题的黑色运动衫前，用手指了指，对舅舅说："是这个臭臭。"

男人脸色骤然一变，推开矮小的弟弟："去去去，小孩子一边去。"

不知道为什么，男人的手一碰到弟弟，弟弟就号啕大哭起来，拉着舅舅的裤管直往后躲。

男人转身敦促老板赶快退货："这衣服的标签都在，开超市无条件包退包换的规矩你不懂吗？"

见儿子哭得凶，舅舅忍不住插嘴道："你一个大男人怎么还和小孩子计较。再说了，我们这儿不比你们城里，你买了衣服没破没脏，拉链不顺溜就拿来退，你让超市老板还怎么做生意？"

"是啊，是啊！我帮你修好拉链不就结了嘛。"薛叔忙顺着舅舅的话往下说。

围观的村民也纷纷附和，反倒弄得男人有点难以抉择。

不知谁说了一句"城里人就是矫情"，惹得男人大为不快，他冲着薛叔嚷道："乡下人一点规矩都不懂。"

"你干吗不在城里的超市买衣服？不就没这事了。"薛叔摆弄着衣服拉链，没好气地回道。

薛叔无意间的一句话，忽然让舅舅意识到这件事另有蹊跷。

"我们这种穷乡僻壤不像城里，肯定没法退货给你，要不你报警吧。"舅舅朝薛叔使了个眼色。

听到"报警"两个字，男人瞬间语气软了下来，一把从薛叔手里夺过了衣服：

"算了，我不退了。"

舅舅一个箭步，拦住了他的去路。

"你买这衣服是干什么用的？"

"关你屁事。"男人凶神恶煞地说。

男人比舅舅高出一头，体格健硕，一看就是不好惹的角色。人群自动退散，让出了一条路，男人刚要迈步离开，他的手被拉住了。

低头一看，居然是弟弟。

弟弟吸着鼻涕，拉住了男人的手，喊道："爸爸！"

舅舅给薛叔使了个眼色，上前揪住了男人的后领，反擒住他的一只手，薛叔也帮忙死死钳住了他的另一只手，在众人惊奇的目光下，舅舅和薛叔合力制服了这个男人。

"你们干什么！不退货还打人是不是？你哪个单位的？"男人跪在地上叫嚣着。

舅舅从上衣内侧口袋掏出一本黑色小本子，顶在了男人的眼前，上面的国徽闪着银光。

"现在知道我是干什么的了吧。"

男人耷拉下脑袋，眼睛里失去了刚才跋扈的神采，顺从地跟着舅舅回了警局。

经过审问，这个男人供述了杀害自己老婆的残忍经过。三天前的晚上，他和老婆吵架的时候，用菜刀砍死了老婆。为了毁尸灭迹，他在卫生间里将老婆的尸体肢解，除去了明显的身体特征，连带着指甲的手指脚趾都一一砍去，最后将尸块装进了大旅行箱。第二天在长途车站找了部黑车，开到了我们村口。在薛叔的超市买了这身衣服，穿上前往抛尸的地点，他特意没有撕去衣服上的标签。他步行从超市走到了村背后偏远的山坡，从箱子里将尸块取出来，分散丢弃在山坡的灌木林中。当晚，他在我们村的农家度假山庄里过了一夜，第二天他故意扳坏了几颗拉链上的链齿，盘算着退掉超市买的衣服，消灭最后的证据，然后扬长离开。谁知会在最后功亏一篑，栽在了一个四岁小孩的鼻子下。

警察很快从山上找到了男人老婆的尸块，一共有七块，还被仔细地用塑料袋包扎好了。据男人后来透露，他是想让山里的野狗把尸体啃个干净，所以抛尸荒野。那个用来装尸体的旅行箱，也在鱼塘里被打捞了起来，箱子里塞了块大石头，如果不是男人自己交代，这个箱子还不知道什么时候才会被发现呢。

让凶手百思不得其解的是，在抛尸之后，他在度假山庄里彻彻底底地洗了澡，头发、指甲缝、耳朵洞，甚至是鞋底，只要能想到的地方全都洗了三遍。为了消除痕迹，连那套新买的衣服也漂洗过了。可就是这样，弟弟还是从他身上闻到了臭味。

听村里的传言，后来男人进了监狱就疯了，天天用热水洗澡，身上的皮肤都搓碎了，可他还是不停手，一个劲儿地闻着自己的身子，说臭死了、臭死了。

直到他被枪毙,倒在刑场的尸体,双手还痉挛抽搐着相互搓揉,仿佛是在洗手一般。

无意之中破了件凶杀案,舅舅受到了警局表彰。可在村里,大伙儿都觉得这是弟弟的功劳,多亏他闻出了所有人都没察觉的尸臭味,还在最关键的时候拉住了凶手。

名侦探的称号,也就是在那个时候,和弟弟紧密联系在了一起。

2

弟弟住的地方叫籴村,我一直怀疑弟弟被誉为村里最聪明的人,跟他所住的村名有关系。

自从被称为侦探之后,弟弟就投身于他的伟大事业之中。舅舅不惑之年才有了这个儿子,自然格外疼爱弟弟,从小就惯着他,简直到了溺爱的程度。

弟弟有了喜爱的事情,舅舅自然是全力支持,只要看见写着"侦探"两个字的书,一律捧回家。没几年工夫,弟弟熟读了古今中外各种侦探小说,成天手里捧着一本书,张嘴就是线索、指纹、证据什么的,一副少年老成的样子。

每次见了我,弟弟就会戴起黑框眼镜,打上红色领结,对我横着八字形的手势。

"真相只有一个!"

Oh! my God! 又来了!

"除了柯南,有没有别的创意啊!"说完,我羞愧地意识到自己认识的侦探形象好像也只有柯南了。

我比弟弟大了六岁,可他从来不叫我哥哥,而是以"阿笠博士"相称,并不是赞扬我的智慧,而是嘲讽我圆润的脸形。

"为什么我不能是波洛?华生也好啊!"有时我会反抗我的绰号。

弟弟冷冷回一句:"他们都会说英语,你会吗?"

我无言以对。

可转念一想,我也不会日语啊!

受了《福尔摩斯探案集》的深远影响,弟弟满脑子都是案情。隔壁老王家的那只大黑狗,就因为长相难看了点,他非要说它是什么巴斯克维尔的猎犬。趁老王不在家,他用肉包子将大黑狗引了过来,在它尾巴上系了串鞭炮,炸得那条大黑狗从村东窜到村西,屁滚尿流。大黑狗误以为惊吓的源头是它吃的肉包子,导致它从此之后不闻腥荤,改食素吃斋了。

老王哭笑不得,跑到舅舅这儿来告状。舅舅只是笑笑,告诫弟弟不能伤害小动物。事后,舅舅赔了两只鸡给老王。

倒是那条大黑狗,只要一见了弟弟,撒腿就跑,大黑狗逃起来还不敢拿尾巴朝着弟弟。倘若你来猓村,就会看见一个离奇的景象,一个男孩撵着一只倒退着跑的黑狗,这应该可被称为猓村最高智商和最低智商的追逐了。

因为和舅舅家住得不远,我经常去他们家串门。有一天,我刚进村里就看见一群人围在薛叔家的院门口,像是发生了什么事。

我还没来得及挤进人群,只听见一声响亮的童声。

"这是密室杀人!"

是弟弟的声音。

"大侦探!密室——是啥玩意儿?"人群里有人发问。

"凶手作案后,将现场变成了不可出入的密闭空间,是最厉害的不可能犯罪。"弟弟科普道。

我心想,看来这下宁静祥和的稞村出大事了,不知是不是薛叔家有了血光之灾。

奋力挤到前排一看,只见弟弟神情凝重,抚着没毛的下巴,绕着薛叔家房子前前后后转悠着。屋子里光线不太充足,看不清里面发生了什么事。警察还没有赶到,人群前面仿佛有一条无形的警戒线,大家自觉地和屋子保持着安全距离。

薛嫂灰着脸从屋子里走出来,老王从人群里迎了上去,紧张地问:"老薛人呢?"

"走了。"薛嫂叹了口气。

老王跺脚道:"说没就没了啊。"

"是啊!不知道哪个杀千刀干的!"薛嫂咒骂了一句,推了推老王,"往后退,别踩在我刚撒的种子上。"

我低头看去,才发现院子里都是刚翻松的土。

"人都走了,你还瞎操心啥种子。"老王责备道。

"奇怪了,人走了才要我来照顾种子。"薛嫂白了他一眼。

"你一个寡妇,体力活以后让我们爷们来干。"老王开始挽袖子要帮忙。

"寡妇?"薛嫂愣了一下,甩手给了他一个大嘴巴,破口大骂道:"呸!你老婆才寡妇,你全家寡妇!"

"不是……你说老薛走了吗?"老王捂着脸痛苦地问道。

"我是说他去超市了。你以为呢!你以为呢!见不得我们家超市生意好是不是!是不是!"薛嫂又是一顿狗血淋头的臭骂。

"那你家屋子里到底发生什么事了?"老王一头雾水。

正在这时,弟弟绕回了屋子前,他不知从哪儿搞来个烟斗,叼在嘴里歪向一边,假装吐出一口烟,说道:"当排除了所有的可能性之后,不管剩下的有多么离奇,那都是真相。"

他的小手一挥,指着墙根的一个小洞:"薛嫂,毒死你家猫的凶手,就是从这个洞逃走的。"那是排放下水管时预留的孔洞,连体形稍微大一点的狗都钻不过去,更别提人了。

我这才听明白,薛叔回家的时候,发现猫被毒死了,家里所有的门窗都上着锁,也没有发现有毒的食物。薛嫂觉得是有人想害他们家,养的猫替他们挡了灾。薛嫂扯开嗓子正在屋子前骂街,恰巧弟弟经过,自说自话揽下了这个案子。

我想呢,难怪没警察来。

弟弟正抓耳挠腮寻找凶手留下的蛛丝马迹,不知是谁一语道破天机:"这猫是吃了药死的耗子吧!"

这几天,村委会在村里撒了耗子药,专门针对偷吃种子的田鼠。薛叔家的猫很可能在外面误食了被毒死的田鼠,中毒后的猫从墙根的洞回到家里,最后在家里毒发身亡,形成了弟弟口中的密室之谜。

真相大白,水落石出。

出门找烟斗的老王,平白无故挨了记大嘴巴,肿起的脸颊上五根手指印明晰可见。

历经失败的名侦探,顺从地跟着我回了家。弟弟一整个星期都郁郁寡欢,他接受不了现实与书本上的巨大差距,甚至觉得再没脸出门见人。

但他发现,除了他自己之外没人在乎这件事,大家依然管他叫大侦探。

痛定思痛,弟弟决心和动物界画清界线,大黑狗总算逃脱了他的魔掌。他总结了自己的失败教训,发现问题的症结出在自己的名字上。

弟弟有个洋气的名字，叫作史克。可他发现推理小说里的名侦探都有一个共同点，比如他们都叫明智小五郎、加贺恭一郎、鸟饲重太郎、法月纶太郎、毛利小五郎。

于是，史克在自己的名字后面也加上了"郎"字。

他的眼神也更为深邃了，时常眉头紧锁，蹲在村口的石头上，嘴里感叹道：

"怎么还没案子发生啊！"

正巧村长经过，浑身一颤，心想这小子是不是加入恐怖组织了。

史克郎在村头一蹲就是半年，转眼到了该上学的年纪，他最后一个学龄前的暑期，终于迎来了猓村有史以来最匪夷所思的一个案子。

随着环境污染日趋严重，城里人没事闲得蛋疼，都爱开几个小时车来我们农村，在农家的度假山庄里过周末，吃着新摘下来的蔬菜，喝着村里自己酿制的米酒。后来来的人太多了，度假山庄又新开了好几个，村里陌生面孔越来越多，山庄里吃的蔬菜和米酒也不如之前那么纯正了。

那是一个工作日的午后，有人报警说自己的太太失踪了。报案人住在度假山庄里，距离舅舅家也就隔了片农田，出警的任务就交给了休息在家的舅舅。

弟弟耳尖，死活要跟着去，千保证万保证不会添乱子。舅舅拗不过他，叮嘱他别瞎跑瞎闹。一高一矮两个人便往度假山庄走去。

刚踏进度假山庄的门，就看见一个理着平头的男人，正操着一口南方口音和前台服务员理论。

"刚才是谁报的案？"舅舅问。

男人应声道："警察同志，是我。我太太失踪了！"

"是怎么失踪的?"

"人就是在这个度假山庄里不见的。"男人冲着前台服务员大声说道。

"你没凭没据的可别瞎说,我们房间里还少了东西呢!是谁手脚不干净还不知道呢。"女服务员针锋相对。

舅舅把男人单独带到一边问道:"到底怎么回事,你详细说说。"

平头男人名叫高玮,他和太太两个人外出旅游,昨晚开车经过槺村,因为已经超过了晚上十点,于是他们入住了度假山庄,打算过一夜第二天再赶路。次日,高玮起了大早,在槺村转了一圈,顺便买了早点带回度假山庄给太太。谁知回到房间里发现太太不在,起初以为太太也是去吃早点了。高玮等了两个小时,依然不见太太的踪影,这时他才发现行李箱也一同不见了。在槺村这样的地方,不借助四轮的交通工具,根本没办法跑远。高玮的车好端端停在度假山庄的门口,而离开槺村的班车一天只有下午一班,所以太太根本不可能丢下他一个人走。当高玮询问度假山庄前台服务员时,服务员却没有在登记资料上找到他太太的入住记录。随后服务员在整理高玮房间的时候,发现所有洗漱用品的包装都只拆了一份,根本没有他太太住过的迹象,服务员还发现有人取走了电视遥控器里的电池。

高玮和服务员各执一词,一时间舅舅也不知道谁说的是真,谁说的是假。

"带我去你房间看看。"舅舅决定自己检查一遍。

客房在走廊的尽头,挨着摆放清洁工具的杂物间。房间已经被服务员打扫过了,雪白的床单上没有一丝褶皱,一次性拖鞋、喝水的玻璃杯、垃圾筒里的垃圾袋也全部都换上了新的,舅舅完全没什么头绪,每一间客房都是一个模样。来到卫生间,整理罗列的洗漱用品也是全新一套，完全没有高玮太太留下的痕迹。

"你和你太太平时关系怎么样？"舅舅一边检查着马桶的垫圈，一边假装漫不经心地问高玮。

"怎么，你怀疑我？"高玮听出了舅舅话里的意思。

"不是这意思。"舅舅摆摆手，模棱两可地说，"从现在的情况来看，你得先跟我回一趟派出所了。"

高玮顿时面露不悦地说："我太太和行李箱不见了，你们不找山庄负责，凭什么把我带回去呀！"

"我也会带一位山庄负责人回去的。"舅舅忽然想到一件事，问道，"你有没有动过电视遥控器的电池？"

"谁会去拿那种玩意儿。"高玮似乎对这个问题十分反感。

舅舅心想：也对。走几步路就到薛叔的超市了，超市里什么型号的电池都有卖。高玮看起来也不像是偷鸡摸狗的小贼，犯不着去偷拿两节二手电池。山庄就算心虚推脱责任，也该找一个好点的理由啊！

弟弟不知道什么时候钻到了卫生间里，趴在了淋浴房的地上，掏出放大镜一寸一寸搜索着。

"让你别捣乱了！"舅舅一把将弟弟提将起来。

刚拎到半空中，弟弟举起了小手，指缝里缠绕着几根湿嗒嗒的长头发。

"我在那个洞里找到了黄头发。"弟弟露出了灿烂的笑容，小说里的知识点终于有了用武之地。

舅舅定睛一看，扭头问高玮："你太太染过头发没有？"

"染过。"高玮连连点头，"不过染了有段时间了，最近一直说要去再染一次。"

将弟弟手里的头发捋直，果不其然，靠近发根的部位已经变黑了，而且头发的长度也跟高玮描述的十分相近。

显然是有人试图掩盖高玮太太来过山庄的事情，清理了大部分的痕迹，却疏漏了冲淋房地漏里残留的头发。没想到这个微小的细节，居然被弟弟发现了。

舅舅有种不祥的预感，高玮的太太一定是遇到危险了。

绑架，或者是……

碍于高玮在旁边，舅舅克制住毫无证据的猜测念头，他向总部反映了情况，请求再派几个人手过来。

舅舅带着弟弟和高玮一同折回了度假山庄的前台，从当班的服务员那里要来了昨晚为高玮登记的工作人员名字。

昨晚值班的前台服务员叫王慧芬。

听到这个名字，村里人都会不自觉摸摸自己的口袋。王慧芬手脚不干净在村里出了名，她的丈夫强子还因为盗窃蹲过两年牢，才刑满释放没多久。

不出舅舅所料，从前台服务员嘴里得知，强子也被王慧芬介绍进了山庄，负责清洁工的工作。

如果是山庄的清洁工，就会配有每一间客房的钥匙。所有事情联系起来，舅舅做出一个这样的假设：

在高玮离开客房之后，他的太太也醒了，出门去吃早点。强子瞅准时机，趁客房无人之际，用备用钥匙进入翻寻他们的财物。谁知刚出门的太太忘了什么东西，又返回了房间，正撞见入室盗窃的强子，遂被杀人灭口。为了掩盖自己的罪行，强子伙同王慧芬，伪装出只有高玮一个人入住的假象。他们删除了电脑里高玮太太的入住登记资料，拿走了高玮太太的行李，将客房也布置成只有高玮一个人住过的样子。

不过，电视遥控器里的电池，还是不知道为什么会丢失。

那时候的山庄还没有安装摄像头，想要找到确凿的证据还需花上一番工夫。最好是找到高玮的太太，或者说高玮太太的尸体，那么真相就大白于天下了。

显然高玮太太还在度假山庄内，光天化日之下，强子和王慧芬是没有办法将一个成年人弄出山庄的。

那么高玮太太在哪里呢？舅舅冥思苦想着。

现实中的案件显然不如小说中那般精彩，弟弟略感无聊，找了个行李架坐了下来。

行李架下面的轮子没有锁死，弟弟坐上去之后，"哐当"一声，行李架滑出老远，撞上了前台。

还以为舅舅会责怪自己，弟弟抬头却看见舅舅恍然大悟的表情。

"就是这个！"舅舅一拍手，转身就往高玮的客房走去。山庄里有一样可以搬运成年人的东西，那就是清洁工推的清洁车，清洁车下面有很大的空间，而且就算藏下一个人推动起来也不会太费劲。

清洁车此时正躺在高玮客房隔壁的杂物间里。杂物间的门上了锁，问前台拿来钥匙，舅舅和弟弟走了进去。杂物间还算宽敞，里面丢满了各种扫帚、拖把、水桶之类的工具，在角落里停着两台清洁车，车上都摞了满满当当的毛巾，车底下什么都看不见。

"史克，你在门口替我守着，别让其他人进来。"

舅舅没等后援的同事，独自翻开毛巾检查清洁车，第一辆推车下面找到了一个黑色的手提箱，手提箱沉甸甸的，而且还上了锁，锁孔的地方有被撬过的痕迹。舅舅的手伸向了第二辆推车，才掀开毛巾的一角，他就看见了一簇金黄色的头发。

忽然，弟弟在门外喊道："你不能进去！"

"警察同志，你有没有找到我的手提箱啊！"是高玮的声音。

弟弟虽然百般阻挠，毕竟力气悬殊，被推着走进了杂物间里。

高玮看见了舅舅手里的手提箱，连忙伸手去讨要箱子说："对！就是这个！这个是我的箱子。"

"你太太已经遇害了。"舅舅面色凝重，朝推车下面那簇头发看了一眼，"箱子现在不能给你，需要作为证物带回去检验后，再归还给你。"

"这可是我自己的东西，为什么不能拿回来！"高玮变得古怪起来，他似乎不太关心自己太太的死活，反而更在乎舅舅手里的手提箱。

"箱子里面是什么？"舅舅慢慢站了起来，两只手环抱着箱子。

"这不关你的事！"

弟弟站在高玮的身前，不停地推着高玮的肚子，想把他赶出杂物间。可高玮纹丝不动，双手还紧紧扣住了弟弟的肩膀。

"我的同事们就快赶到了，高先生你还是稍微等会儿吧。"舅舅想先稳住高玮。

可高玮一听，更加着急了，他的右手开始往后腰伸去。只见寒光一闪，舅舅知道他在拿什么。

一把锋利无比的刀。

舅舅举起箱子作势要朝他扔去，虚晃一枪，将箱子朝一旁扔去。

高玮连忙去捡箱子，舅舅大喊一句：快跑。拉着弟弟往杂物间的门口飞奔而去。高玮这才缓过神来，回身一刺，正扎在舅舅的小腿肚上。

一声惨叫，舅舅的小腿鲜血如注，他死死扣住了高玮拿刀的手腕。待到弟弟跑出了杂物间，舅舅使尽全力将高玮推开，爬到了门边上，将门一关，倒在地上用肩膀死死顶住了杂物间的门。

弟弟哭喊着拍打门板，舅舅从门缝里，用威严的口气命令道："史克,不用管我,快去叫人来!听话!不许哭!"

弟弟哽咽着轻声"嗯"了一下,哇哇大哭着跑下了楼梯。

身后的杂物间里,正进行着一场生与死的搏斗,咆哮声、怒吼声、打斗声,仿佛有两只强壮的野兽在里面撕咬。

赶来的警察正在向前台服务员了解情况,看见哭喊着的弟弟都惊呆了。

"快救我爸爸!快救我爸爸!"弟弟眼泪鼻涕糊了一脸,扯着警察的制服不由分说就往楼上拖。

可惜还是晚了一步,舅舅伤势严重,身上足足中了十二刀,愣是撑到其他警察赶来,也没让高玮从杂物间里走出来。他的衣服从里到外都让血给浸透了,盖在他身上的白色被单几乎瞬间就被染红了。

弟弟没有看见这一幕,他被警察抱进了警车,看着一批批穿着制服的警察赶来度假山庄。一直到天黑下来,才有人想起弟弟还在车里。好几个警察拿着纸笔,反反复复询问事情的具体经过,他们每问一遍,弟弟就会反问好几遍舅舅在哪儿。几个警察面面相觑,告诉他因为舅舅抓住了凶手,必须要跟凶手一起回警局。弟弟又问舅舅是不是受伤了,警察们摇摇头,都说不知道。

薛叔跑来接弟弟,告诉他家里人晚上都出去了,舅妈把弟弟托付给了薛叔。大家都在超市里买过东西,都熟悉薛叔,警察也就让他带弟弟回家了。

那一晚,弟弟彻夜未眠。

3

杀害高玮太太的强子夫妇落网,他们交代的犯罪经过基本和舅舅的推理一样。王慧芬在替高玮办理入住手续的时候，发现高玮格外紧张他那只随身携带的手提箱，强子就趁着高玮夫妻俩都去吃早饭的时候溜进了他们的房间。高玮太太因为忘记带钱包，楼梯下到一半折回了房间，和正在翻包的强子撞个满怀。高玮太太的死因是机械性窒息，强子掐死了她。把现场伪装得差不多的时候，强子发现房间里温度有点高，原来是搏斗中高玮太太不小心压到了空调遥控器，空调正吹出暖风，热得强子满头大汗。强子想关掉空调时，巧合的是，遥控器居然没电了。如果高玮回来发现一屋子的暖气，肯定知道发生了什么事情，谁会在大夏天开热空调啊。

强子灵机一动，拆下了电视机遥控器里的电池，换进空调遥控器，还没来得及将两节电池装回电视机遥控器，前台的王慧芬打内线电话通风报信——高玮回来了。强子推着清洁车将高玮太太的尸体藏进了杂物间，留下了消失之谜。

高玮的手提箱放满了准备交易的毒品，他是一名亡命的毒贩。被强子杀害的女人，最后证实也并不是真正的高玮太太，他们只是一起赶去外地交易的毒贩同伙。没料到在槱村逗留休息一晚，同伙和毒品一块儿消失了。起初高玮以为同伙私吞毒品跑路了，但度假山庄的态度让他产生了怀疑，高玮便报警求助警察，希望能够在找到同伙的同时，伺机拿回手提箱。所以在报案的过程中，他自始至终都没有提过手提箱。

舅舅在手术台上挺了一晚上，最终还是因为伤势过重，因公殉职。葬礼定在了三天以后，舅妈跑前忙后地操办着舅舅的后事，母亲怕舅妈一个人忙不过来，便带着我一起去舅舅家帮忙了。

整个槱村的气氛有点怪，爱嚼舌根的老妇们唠着什么，一见到我们就作鸟兽散。显然她们在聊舅舅家的八卦，还是什么见不得人的话题。

踏进舅舅家,书房里传来纸张摩擦的声音,我进去一看,看见弟弟坐在书堆里,正在撕他心爱的侦探小说。

"你干吗呀!"我连忙上前夺下他手里的书。

他面无表情,又拿起一本。因为力气小,他只盯着每本书的封面撕,撕烂了就换一本。

"这些书可都是你爸爸给你买的啊!"我用身体挡在了书架前,护住其他书。

谁知,弟弟一听见"爸爸"两个字,弓着身子冲我喊:"我爸爸死了!死了!"

面前的弟弟变得前所未有的陌生起来,让我觉得有一点害怕。舅妈站在书房门口,冲着我招招手,把我从书房里唤了出来。

母亲和舅妈在厨房准备着晚饭,她们刻意让我回避,安排我去收拾饭桌。在厨房门外,我听见她们俩窃窃私语。

"孩子都知道了。"说话的是舅妈,声音里带有一丝沙哑和疲惫。

"是你告诉他的?"母亲的音量虽然很低,但充满疑惑。

"嗯。这事我不想让别人来告诉他。"

白色的气雾从锅盖缝隙里漏出来,厨房里弥漫着熟悉的香味,往事一点一滴开始浮现。

弟弟的亲生父亲也是一名警察,是舅舅当年的搭档。七年前,弟弟出生三个月后,他亲生父亲曾经抓捕的犯人刑满释放,带着凶器偷袭了他们家,弟弟的亲生父母双双遇害,年幼的弟弟被母亲藏在衣柜里。因为父母的尸体散发出腐烂的气味,邻居才发现不对劲,警察破门进入,找到了奇迹般挨过五天的弟弟。

膝下无嗣的舅舅和舅妈商量,收养成为孤儿的弟弟,舅妈也认识弟弟的亲生父母，毫不犹豫地答应下来。

弟弟跟了舅舅姓，但名字中的"克"字随了他亲生父亲。

当时，弟弟家遭到犯人报复，险些被灭口的案件整个粿村都知道。舅舅在收养了弟弟以后，挨家挨户恳请大家保守这个秘密。弟弟家的遭遇得到了所有人的同情，舅舅也得到了全村人的支持。

现在舅舅离世，这段往事又被人拿出来重提。亲生父亲和养父都遇害，迷信的人将缘由推到了弟弟的身上，说他命硬克父。在粿村这样的小地方，八卦的传播速度比想象中快得多。

我不知道弟弟是在为舅舅的去世，还是为被隐藏的身世而难过。

舅舅的葬礼上，弟弟穿着黑西装，天气很热他依然坚持扣紧了所有的纽扣。那是舅舅给他买的，舅舅告诉他这衣服是和福尔摩斯同款。

弟弟捧着遗像，表情坚毅，葬礼从头到尾都没有流过一滴泪。所有的亲友和舅舅警局的同事们都参加了葬礼，舅妈一一道谢，为每个人递上白色的胸花。葬礼十分简短，舅舅的墓就建在了自家的农田里，一块灰色的大理石墓碑伫立在绿油油的植物之中。弟弟站得很远，只是凝视着一位接一位鞠躬行礼的来宾们。

葬礼最后的环节，是将舅舅的骨灰放进墓穴里。在将它封存前，舅妈问弟弟还有什么想和爸爸说的。

弟弟把一本《福尔摩斯探案集》放在了舅舅的骨灰旁，那是舅舅给他买的第一本侦探小说，也是弟弟最喜欢的书。

微风卷开书页，每一页纸上除了印刷的字体，空隙处还写满了字，舅舅生怕年幼的弟弟看不懂这些书，每天晚上逐字逐句地为他写上了注释和拼音。

熟练的泥水匠将墓穴的盖板封上。舅舅留在这个世界的痕迹，只剩下弟弟手里的遗像。

弟弟的眼泪再也忍不住了,他"哇"的一声扑向墓穴,撕心裂肺地哭喊着爸爸。

这一次,再也没有人回答他了。

"爸爸,对不起!我根本不是名侦探!"弟弟紧紧扣住了墓碑,西装上沾染了未干透的水泥。

几个舅舅的同事叔叔把弟弟架到了一旁,让吓了一跳的泥水匠继续完成手里的工作。

弟弟抽泣着几乎喘不过气来,涨红的脸上已是泪湿一片。后来舅妈说,弟弟哭得这么凶她只见过两次,另一次是刚被抱回家时,才几个月大的他,哭声却异常响亮。

当犯人在他家,拿着刀寻找他的时候,与他仅有一扇柜门之隔,弟弟居然没有发出一丁点的动静,才躲过一劫。

或许正如别人所说,弟弟的命很硬,和小说里的名侦探一样硬。

和父母的尸体共处一室了五天,弟弟熟悉尸臭的味道,所以才会在薛叔的超市里,闻出那个杀妻男人身上有臭味。那种恶臭的味道令他终生难忘,哪怕闻到一丝一毫,也会激起他内心最深处的恐惧。

这些我道听途说来的事迹,让弟弟在我印象中的形象更加神奇了。

听说弟弟开始下地帮舅妈干起了农活,大热天担心他的小身板,我带了妈妈煮的绿豆汤,想去看看他。

远远看见一个瘦小的身躯,顶着略显大的草帽,在农地里劳作着。

我唤着他的名字,他皮肤被毒辣的太阳晒得黝黑,抬起头朝我露出了灿烂的笑容,整个人的精神面貌看起来不错。

我和他走到舅舅的墓碑旁,席地而坐,两个人喝着保温瓶里冰镇的绿豆汤。满头大汗的弟弟取下搭在脖子上的毛巾,我看见他后脖子都被晒脱皮了,细皮嫩肉的他还从来没有干过农活呢。

他先用毛巾擦了擦墓碑上舅舅的照片,随后再擦干了自己的汗水。

老王家的大黑狗途经此地,弟弟连忙站起身来,拿出自己的午饭,丢了一块肉给大黑狗。大黑狗畏畏缩缩地靠近嗅了嗅,摇着尾巴,叼着肉跑到一旁大口吃了起来。

我发现大黑狗不但可以吃肉了,跑起来也不再是倒退了。

"真好喝呀!哥,再给我来一碗。"弟弟舔着嘴唇说。

我讶异道:"咦?不叫我阿笠博士啦?"

弟弟嘿嘿笑了起来:"我不做名侦探了,不需要助手了。"

"不做屎壳郎也好。"我问,"那你现在想做什么了?"

弟弟的神情渐渐变得严肃起来:"我想当警察。"

我看见弟弟的眼眶湿润了起来。他别过头,在我看不见的地方用毛巾拭了拭眼角。

他不哭,因为答应过舅舅再也不掉眼泪了。在度假山庄的杂物间里,舅舅挡着穷凶极恶的高玮,对门外哭哭啼啼的弟弟说的最后一句话是:

"不许哭!"

他一直记得舅舅的这句话,直到葬礼上他才忍不住,痛痛快快哭了一场。弟弟讨厌自己看了那么多侦探小说,依然没能帮上舅舅一点忙。撕了小说,也就撕掉了他童年里白日做梦的那一页。

我盛了满满一碗绿豆汤递给他:"你现在这么瘦可没办法当警察,多吃点。你爸爸在看着呢!"

"嗯。两个爸爸。"弟弟伸出两根手指来。他喝下一大口汤,嘴唇边挂满了绿豆。

身后墓碑上的舅舅，笑容温暖地注视着弟弟。

没准他此时和我想的一样，有朝一日，我身旁这个又瘦又黑的孩子，也许会成为一名出色的警察，一名屡破奇案的名侦探。

谁又知道呢！

明晃晃的太阳下，端在手里的绿豆汤微微发烫。

环形犯罪 —

1

受了某股寒流的影响，今年的冬天格外寒冷，路上的行人收紧衣领，在凛冽的风中瑟瑟前行。

我伫立在街边，梧桐树上凋零的枯叶在风中飞扬。

"三十四、三十三、三十二……"我用只有自己能听见的声音倒数着，"十、九……三、二、一。"

话音刚落，街对面棱角分明的大楼里，准点传来了下课的铃声。这是学校今年最后一堂课，不一会儿，穿着蓝色校服的学生仿佛一条生命力旺盛的河川，迅速填满了光秃秃的操场。我在人潮中发现了一个消瘦的身躯，独自走在墙根的阴影中。

"小畅。"我穿过马路，朝女孩迎了过去。

"你怎么又来了？"女孩露出厌恶的神情，有所顾忌地偷偷扭头看了一眼身旁的同学。

"我来给你送这个……"我摊开手掌，把印着她最喜爱的卡通猫图案的口罩递了过去，"你今天出门忘记带了。"

"你快走开吧！"小畅推开我的手，口罩掉在了地上。

"你的鼻子不能吹冷风，否则小心过敏性鼻炎又犯了。"

小畅的几个同学嬉闹着走近我们。我认识她们，也知道她们时常欺负小畅的事情。

一看见我，她们故意吊高了嗓门："哎哟！我们公主的骑士又来护送啦！"

我捡起口罩,掸了掸灰,解释道:"我只是来送口罩的。"

"骑士还真是贴心,难怪我们的公主那么喜欢你。"她们对我笑着说。

可是,她们笑得越大声,小畅的脸色就越苍白,嘴边呼出的白雾也越发急促起来。

"小畅,你怎么了?"我蹲下身子,想替她戴上口罩。

"我不戴口罩,我以后再也不戴口罩了。你也别再管我了,我一点都不喜欢你,我真的非常非常讨厌你。"小畅狠狠瞪了身旁的同学们一眼,抛下我,朝反方向跑去。

我慢慢站起来,耳边还隐约能听见几个女生对小畅的冷嘲热讽,我目送着她们的背影,没几秒钟以后,她们的话题就切换到了寒假里的购物计划,几张天使般的脸孔笑逐颜开,刚才那些伤害小畅的话早已抛诸脑后,我无法理解她们为什么要说出那样伤人的话。

我握紧拳头,朝她们走了过去。

刚迈出一步,一个震耳欲聋的声音在我身后响起。

一辆巨大的卡车呼啸驶来,司机拼命按着喇叭,动作夸张地将手臂伸出车窗外挥舞着,似乎是卡车的刹车出了故障。行驶在路上的汽车纷纷避让,卡车面前闪出一条歪曲的通道来。

装着巨大搅拌滚筒的卡车像一只发疯的野兽,撞开面前一切阻挡它的物体,就在它前行的路线上,小畅双腿颤抖,竟然无力地瘫坐下来,望着眼前的庞然大物,已被吓得寸步难行。

我用最快的速度冲向她,大脑来不及思考如何去营救她,本能地伸出双手推开了小畅。几乎同时,坚硬的车头将我撞飞,巨大的车轮从我身上碾过,卷着我的残肢咆哮着驰骋而去。

尖叫声、呼救声、刹车片的摩擦声,渐渐从我耳边消逝,我身体的各个部位散落在混乱的街道上。

萧瑟的午后,我看见梧桐树下小畅没有任何表情的脸,她的瞳孔中闪烁出熟悉的光芒。

又是那种可怕的光芒。

我知道,我终将被她所遗忘。

被风搅动的云层压低下来,暴雨将至。

2

机器人第一法则:机器人不得伤害人类,或袖手旁观坐视人类受到伤害。

醒来的时间是清晨八点整,我不确定今天是不是星期二,更不知道今天是不是一月十四日,并不是我的大脑出了什么问题,而是因为今天发生了一件非同寻常的事情。

这件事就是我居然比平时整整晚醒来一个小时。

这是自我来到小畅家以后从未发生过的事情。我的作息时间就像时钟一样精准,不,应该说比时钟还精准,因为我本身就是一个比时钟更精密的仪器。

我是一个机器人,由MPC公司研发的第一代人形机器人,从专业的角度上来说,我们这代机器人的代号统一为M1。我浑身上下承载的是二〇二二年最为先进的科学技术,我不仅外表看起来和普通的人类毫无差别,连行动力甚至思维模式都能够百分之百模拟人类,所以我们这类机器人经过国家允许,大量投入生产,深受大众家庭的喜爱,因为没有比一个只需充电就可以无所不能的用人更好的事情了。

我负责照料主人一家每天的生活起居。把我带回家的主人名叫陆尧，他正是小畅的父亲。在商场里，他告诉营业员因为太太从来不做家务，所以他才需要买一个机器人来处理。两天后，我就被包装完好地送到了主人的家里。

"欢迎我们的新朋友！"主人兴高采烈地将我拆封，小畅也在一旁手舞足蹈地迎接我的到来。

只有女主人，也就是主人的太太对我的态度冷漠，她觉得我的到来是丈夫对她的一种控诉。主人陆尧和妻子杨茜的关系很差，他们之间的矛盾源自于杨茜的工作，她是一名酒吧驻唱歌手，每天浓妆艳抹地出门，烟酒味熏天地回来，晚出晚归的生活作息完全脱离了这个家正常的规律，为此引发的争吵不断。争吵一般在杨茜下班回家的时候爆发，那个时间点我通常都站在客厅的底座上充电，处于休眠的状态，所以从未亲身经历过他们的战争，但第二天从小畅哭红的眼睛中就能感受到昨晚那场激战。

小畅瞳孔中燃烧着恨意，只有人类才有这么复杂的感情，虽然我的智能系统能够帮助我理解这种情绪，但我绝不可能亲身体会到这种至亲之间的仇深似海。每每看见小畅的眼中露出这种光芒，尽管我没有心脏，却也会引起我的电流异常。

她仿佛在说：为什么不幸总是发生在我身上，难道我是这个世界上多余的人吗？

不过这只是小畅自己的想法，毋庸置疑的一点，这个家庭里的每个人都深爱着她，小畅是这个家庭不至于破碎、能够继续存在的唯一理由。

只是今天早晨，这个理由不存在了。

我在小畅的床上，发现了她的尸体。

她仰面躺在床上，表情有点狰狞，睁大的眼睛空洞洞地望着天花板，两只涂着黑色指甲油的手摆出握拳的姿势，死去的时候似乎紧紧抓住了什么东西，可现在手里什么也没有。她的皮肤变成了深紫色，干裂的唇边挂着几缕白色的细丝。我想替她拿走那些细丝，这才发现我的两只手里不知何时多了两件东西，一个白色的枕头和一只蓝色的透明花瓶，也许是上次车祸后身上某些部件的修复不够完善，所以沉甸甸的花瓶才没有触发手臂上的重力传感器。

手中的枕头有点破损，上头还沾了少许的血迹，从小畅尸体的状况来看，她像是被这个枕头活活闷死的。

显而易见，小畅是被人谋杀的。

我摸了摸她脖子上的动脉，感觉毫无律动。从尸体已经开始僵硬这点来看，她应该是在半夜里我充电的时候遇害的，可就在几步外客厅里的我却没有一点记忆。倘若房间里有大的动静，我身上的声控设备会自动退出休眠系统，让我苏醒过来。

我检查了小畅房间的窗户，它们都从内侧完好地反锁着，房门也没有被外力破坏的痕迹，而且小畅并不是在她的床上遇害，她是被移尸到自己床上的，因为小畅的尸体摆出了挣扎过的样子，可她身下的床单却是没有丝毫的凌乱。我注意到床下的拖鞋放得太过工整，假如凶手是将小畅的尸体移到床上，那么显然拖鞋也是凶手摆放整齐的。

凶手是个关心小畅的人。

这个工作日的上午，主人早早出门上班，女主人整夜未归，家里只剩下我一个人。看着手里的枕头，我有些担心车祸修复后的自己。那天被撞碎的零件都被暴雨淋透了，会不会存在着无人知晓的隐患，从而导致我在失控的情况下，做出违反机器人法则的事情。

我几乎锁定了嫌疑人。

常理下所能得出的结论是：我杀了小畅。

虽然我完全不记得如何下的手。

家门口的门铃不合时宜地响了两下，在我还没做出反应的时候，门铃转为了重重的敲门声，还伴随着陌生男人的喊门声。

"开门！警察！"

门外的人表明了身份。

怎么会有警察突然上门？我对门外的人产生了强烈的怀疑。但无论是谁，我现在都不能让他们发现小畅的身体。

我走到猫眼前，用一只眼睛看见门外确实是两位警察，如假包换。之所以如此肯定，是因为门口的警察和我一样，他们也是 M1 型机器人。因为人力资源的匮乏，以及工作性质具有一定的危险性，MPC 公司和警方合作，正尝试让机器人来从事这方面的工作，一部分巡警的工作交由 M1 型机器警察来执行，相信在未来的社会中，会有越来越多的机器人在各领域中替代人类，服务人类。

"稍等片刻！"我拖延着时间，把手里的枕头藏进了沙发上一堆靠枕之中，顺手把蓝色花瓶放在了门口的柜子上，那只柜子上本来有一个玻璃水瓶，现在却不见了，只留下了一个圆形的水渍印记。我稍稍挪动了一下蓝色花瓶的位置，遮住了它。

打开门，门外站着两个着装统一，戴着黑色面具的警察，他们的胸前佩戴着银色的警徽，手臂上的 MPC 公司的 LOGO 表示他们是最新的 M1 型机器人警察。除了印刻在身上的编号，所有机器人警察的外表都一模一样，甚至声音也完全相同，这是为了在执行公务时不被区分，杜绝被坏人钻空子的可能。

他们要求核对我的身份信息。开启身上的蓝牙，与他们的蓝牙对接后,他们很快从数据库里找到了我的信息,也许因为我有过舍身救小主人的记录,两名警察对我的态度变得恭敬起来。

"我们可以进屋子随便看看吗?"警察用征询的口气问道。

"有事发生吗?"对警察不请自来的原因我依然困惑。

"我们接到电话报案,说这里发生了凶杀案,所以前来察看。你发现附近有什么异常的事情吗?"警察一边说,一边往屋子里探出身子。

看样子不让进他们是不会善罢甘休的,我只得撤开一步,把两位警察让了进来。

"这里一切正常。"说这句话时,我尽量控制自己不去看小畅的房间。

两位警察在屋子里转了一圈,逐一检查了厨房、洗手间、主人的卧室、阳台,最终来到了小畅房间的门口,问我:"今天就你一个人在家吗?"

"是。我正准备打扫呢。"我取出吸尘器,试图把他们的注意力吸引过来。

"学校不是放寒假了?孩子不在吗?"警察一定从我的信息里知道了家里还有在念初中的小畅。

"她不在。"

我们M1机器人虽然被设计成与人类无异的外形,但没有人类容易波动的心理活动,也没有会被识破的微表情和肢体语言,我的扬声系统只需表达大脑所传递的信号,所以机器人没有说谎一说,只是表达出错误的信息而已。

所以,同样是机器人的警察,自然没有把我的话当真。我都来不及阻止,他们已经推门走进了小畅的房间。

我丢下吸尘器,紧跟着他们,心里学着主人陆尧的口头禅,骂了句:见鬼。

女孩的房间里铺贴着粉红色的墙纸,白色的欧式家具上到处贴着小畅最爱的卡通猫粘纸,书架上整整齐齐地摆满了各门功课的教科书。一位警察伸手从书架的最高处,取下一个正面朝下扣着的相架,扭头对我说:"看来你的小主人很喜欢你!"

我点点头。

那是一张我背着小畅走在楼梯上的合影,照片上的她露出了难得的笑容,我弓着背,朝镜头摆了一个老土的V形手势,这手势也是小畅教我的。这原本是我和小畅最喜欢的照片,我们曾是最好的朋友,我仍清晰记得照片上的情形,小畅拉着全新拆封后的我,让我背着她上上下下跑了好几趟楼梯,说是先来测试一下我的质量。主人说要留个纪念,拿出照相机,记录下了这一个美好时刻。

但就在不久后,小畅因为和我太过亲近,而在学校里受到了同学的嘲讽,和一个机器人产生很深的感情,无论是亲情还是爱情,对人类来说似乎都不是什么很光彩的事。于是她不愿再看见这张照片,将它扣在了书架的最高处,永不见阳光。

我从灰色的记忆中回过神,发现床上的隆起似乎引起了警察的疑心,他们其中一人走到床边,突然低下头,问道:"这是什么?"

我定睛一看,警察的脚掌正从一只女孩的拖鞋上移开。

两名警察对视一眼,问:"小孩子还在睡觉吗?"

"小主人喜欢光脚在家里走来走去。"我连忙收起刚才来不及收起的拖鞋。

可是已经晚了一步,一位警察一把撩开了隆起的棉被,凝视着被子下的东西。

我身体僵直,一言不发。

"女孩子的喜好可真是奇怪。"警察略显丧气地松了手,被子下只是一只体积和小畅相当的卡通猫毛绒玩具。

屋子里一切如常。

很快,他们结束搜查,其中的一位警察把手伸进警服,从身躯里取出了几张纸。他们在体内安装了微型复印机,可以将刚才我们的对话记录并打印下来,让我签字确认。手续结束,另一名警察向总部汇报了情况。

我把他们送到门口时,意外发现门边的墙上有几个圆形的黑色斑点,看形状像是喷溅上去的。我用一只手扶着这面墙,手掌正好遮挡在这几个污点的位置。

"抱歉,打扰了你的工作。再见。"

没有尸体,没有血迹,也没有凶手,警察愉快地完成了这次出勤,与我告别。

"希望不用再见了。"我回答道。

关上门,我立刻移开手掌,露出墙上那几个并不显眼的血污,刚才我就知道它是什么了。

又一个问号冒了出来,这些血会是谁的?

一下子很难找到答案,待会儿再清除它们吧。当下我先要处理小畅的尸体,未被警察搜查到的尸体依然还在家里。

我返回小畅的床边,拉开上衣的拉链,露出前胸的金属外壳,外壳上还有几道车祸时被搅拌车拖行摩擦的痕迹。我亲手打开了胸前两片护甲,小畅的尸体如婴儿般蜷缩在我体内,可惜我的胸腔不是子宫。我轻轻放下小畅,毫无生命迹象的躯体。

M1型机器人没有人类的内脏,整个身躯部分主要用作储藏功能,机器人警察在肚子里装了复印机,而我则在情急之下装了我的小主人。

大脑中有个无法抗拒的命令，迫使我尽快处理小畅的尸体，虽然我还没有弄清小畅被害整件事的来龙去脉，但绝不能让人发现这具尸体，包括随时可能回来的女主人，以及下午下班回家的主人。

想定了计划，我走进了厨房。

3

机器人第二法则：除非违背第一法则，机器人必须服从人类的命令。

用来判断死亡时间的依据，通常是死后尸体皮肤表面出现的尸斑、尸体的僵硬程度、尸体的温度、角膜的浑浊程度，以及胃中残留物的鉴定。这些数据都存储在我的原始数据库里，要制造出不在场证明，就必须想办法改变这些法医所信赖的判定死亡时间的依据。

我制订了全面应对的方案：对于尸斑，我打算不停移动和变换尸体的姿势，经过几个小时后，尸体的皮肤上便会产生更多新的尸斑，尸斑需要二十四小时才会固定下来，这个方法会让人分不清新老尸斑。尸僵和尸温的问题用电热毯来解决，尸僵会随着温度的提高而消失，尸体的变化程度会随之发生变化，电热毯的发明可谓是一项创举。尸温判断的另一个关键，是直肠的温度，我卷起了电热毯的一只角，包上了保鲜袋，塞入了小畅的直肠内。

虽然有违伦理，但为达目的我可以不惜一切代价，况且与之后所要做的事情比较起来，这只是小菜一碟而已。

我在厨房里烹饪了一份早餐，都是中式的餐点，这一点至关重要。中餐比较花时间，烧饭的空隙我会回到小畅的房间翻动尸体。

一个小时后，早餐大功告成。当然这份早餐不是用来吃的，我用搅拌机将一部分食物打碎，弄成牙齿咀嚼吞咽后流质的状态，再裹上一层猪油，将食物搓揉成一个个小圆球，放入冰箱的冷冻柜里。

在等待小圆球凝结的时候，我把没有搅拌粉碎的早餐，摆成了残羹剩饭的样子，放进了厨房的水池里。再找来一根空心的皮管，是主人以前养鱼时用来从鱼缸里引流脏水的，我将它里里外外清洗干净，皮管变得光溜溜的，我挂起它将水沥干。

冷冻柜里的小圆球也差不多达到理想状态了，流质的食物经过冷冻，变成固态，拿在手里也不易破碎。这些小圆球和皮管，就是我伪造胃中残留物的工具了。

首先，将尸体的脑袋后仰，尽量让嘴、食道、胃处于一直线，慢慢从嘴里插入皮管，皮管光滑柔软的表面，不易擦伤食道的内壁，以免法医在解剖时露出马脚。差不多皮管到达胃部时，就将那些小圆球塞入皮管中心的空隙，让它们一粒粒滑进尸体的胃部，最后抽回皮管，不留痕迹地将"早餐"送进了小畅的肚子里。

接下去的步骤有些神奇，被电热毯包裹着的尸体不断升温，胃部的小圆球开始发热，那些起到凝结作用的猪油渐渐融化，要不了多久，那些经过加工的食物就如同消化物一样留在了尸体的胃里。

这就是早餐必须是中式的原因。要是在胃里同时发现了猪油和西餐，一定是件非常可疑的事情吧。

只剩下了最后一个难题，对于已经混浊发白的角膜，我实在想不出高明的对策，只剩下了最简单粗暴的方法，如果不能伪装，索性让其无从辨认。

我只要稍一用力，小畅的眼睛就会永远消失，取而代之的会是两个血淋淋的窟窿。手里锋利的剪刀闪着冷冷的光，我的手没有丝毫的颤抖，可注视着小畅的眼睛，即使对她做了刚才那样过分的事情，我仍然没有办法落下手中的剪刀。

"你不是人类，你只是一个冷血的机器人。"我一遍遍告诫着自己。

这双用来保护主人一家的手，真的要用来干这样的事情吗？

"以后我就是你的公主，封你为我的骑士。"小畅曾经这样告诉我，还在我的额头上轻吻了一下，作为我加官晋爵的奖励。

那天是情人节，同学们自发组织了一场舞会，放学回家换衣服的小畅被主人反锁在了自己屋子里。

"不许去舞会，家里已经有一个女人夜不归宿还不够吗？"主人的态度毫无商量的余地，他讨厌男男女女挤在一起的那种场合。

"你教训孩子扯我头上来干吗？"杨茜对丈夫的指桑骂槐提出抗议。

"孩子心野了，你也不管管。"主人索性就冲着妻子撒起气来。

"不是我晚上去挣点钱，养得起孩子吗？"

就这样，又激起了一场骂战。

可我知道，为今天的情人节小畅一个星期前就做了准备，她偷偷做好了爱心巧克力，正是为了在情人节舞会上送给她心爱的那位男生。

隔着房门，我听见小畅伤心的抽泣声，她趴在那身粉红色的公主裙上，从未如此伤心过。

我跑下了楼，绕到小畅卧室窗户的正下方，站在一片低矮的绿化带中，抬头望着小畅房间的窗口。

还好不算太高，只是三楼，可以借助从屋顶延伸下来的那根排水管，让我爬到小畅的窗边。但实践总比想象难得多，我从半空中掉落了好几次，每次摔下去都压得绿化带沙沙作响。

当我一身尘土地出现在小畅面前,她那张哭得不像样的脸上写满了问号和惊叹号,我让她立马换好衣服和鞋子,钻进我胸腔的空间里,我顺着原路返回地面。当她的脚踩到地上时,就像登月的航天员一样激动,她一路蹦跳着去了舞会。

到达舞会会场的门外,她难掩兴奋之情,调整着呼吸,说要册封我为她的骑士,永远救她于危难之中。

"很乐意为您效劳。"我单膝跪地,配合地行了一个礼。

"谢谢你,我的骑士。"小畅的嘴唇抵在了我的额头上。

月亮从云朵里洒下皎洁的银光,我们身旁葱茏的小树林也微微摇曳起来,像是发出轻快的笑声。

我目送着小畅公主般娇小的背影走进舞会,走到一半,她扭头冲我调皮地咧嘴笑了笑。这是我最后一次看见她美丽的笑容,就像一朵被人摘下枝头的鲜花,再无盛开的日子。

舞会是在学校的练舞房举办的,布置班会剩余的装饰品都拿来了这里,劣质的喇叭播放着时下当红的歌曲,有活跃分子和着节奏难看地扭着腰肢。

小畅在舞会上搜寻着她喜欢的男生,不曾想,男生居然主动找到了她。

"小畅,你今天好漂亮,穿得像个公主一样。"男生眼神真诚地说道。

"谢谢。"小畅结结巴巴挤出两个字,脸颊飞起了两朵红霞,心里一定乐开了花。

"我可以请你跳个舞吗?"男生提出邀请。

"可是……可是我不会跳舞。"小畅把脑袋埋在胸前说道,显然她完全不知该如何与心爱的男生交流。

"没关系，我可以教你。"男生蛮不在乎，大大方方地把小畅牵到了舞池正中央。

不少女同学都向小畅投来了异样的目光，小畅反倒毫不示弱地昂起了头，和全场最帅的男生手牵手穿过一对对舞伴，成了舞会的焦点。

"小畅？"男生唤她道。

"嗯？"她把手伸进包里，准备拿出那块象征她初恋的爱情巧克力。

"我也可以做你的骑士吗？"男生恶作剧地大声笑起来，一群早有准备的同谋也在这时涌了出来。

"怎么不亲一口？"

"果然还是更喜欢机器人呀！"

"居然和机器人接吻，小畅还真是奇怪！"

"怎么有人会和机器人产生爱情？一定是脑子有问题吧。"

谣言四起，舞会上的所有人都议论着刚才偷看到的小畅吻我的景象，那个躲在小树林里的目击者添油加醋绘声绘色在人群中散播着。

小畅被打上了"爱上机器人的怪胎"的标签，成为学校里最大的笑柄。

我不知那晚带她去舞会是否正确，但我后悔自己做的这件事，让小畅的心灵受到了巨大的创伤。她回到家已是深夜，主人这才发现我带小畅偷溜出去的行为，我站在角落，处于半休眠的充电状态，虽然什么都看不见，可是主人的严厉呵斥声激活了休眠系统，我能听见小畅将那块亲手做的巧克力用力砸碎在我身上的声音。

"我讨厌你！我也讨厌这个家！讨厌所有人！"

小畅声嘶力竭地喊出了这句话，主人再没有开口。

我想说点什么，可正在充电的我却无法开启扬声系统，整个屋子最终在房门撞击门框的巨响后，重归宁静。

"骑士"这个词，也成了小畅心中的一道疤。她对我的态度愈发恶劣起来，平时不愿和我多说一句话，不让我踏进她的房间一步，甚至都不允许我和她同处一室。哪怕在我舍身救她以后，她对我也刻意保持着距离，在她的心里，我不是家庭的一员，只是一个惹麻烦的家用电器。

对这样的小畅，需要对她的尸体感到怜悯吗？

我再一次举起了剪刀，毫不犹豫地朝小畅的眼窝扎去。

不凑巧，再度响起的门铃又一次打断了我。

4

机器人第三法则：在不违背第一至第二法则的情况下，机器人必须保护自己。

来客是我熟悉的康康，他是我们这个小区的快递员，虽然还很年轻，但是干这行已经有些年头了。

他微笑着，小心翼翼地从包里拿出一个包裹递给我，叮嘱道："你拿稳了，可别又砸碎了。"

又砸碎了？奇怪的用词。

包裹是一个包装严实的纸盒，拆开厚厚的透明封纸，躺在泡沫填充物里的是一只精美的水瓶，我认识这个水瓶，因为它是我在主人结婚纪念日时送给他们的礼物。我看到快递单上收件人一栏，填着我的独一无二的机器人编号。

这是我订购的东西，可为什么我没有储存任何记忆呢？

"东西完好。"检查完水瓶,康康让我在收件单上签了字,他指指我身上的衣服,"昨天就跟你说过了,怎么还没把这身脏衣服换掉?"

"忙得忘记了。"我低头看见衣服上油腻腻的污渍,一定是在厨房弄的吧。

"骗人!"康康一下就戳穿了我的谎言。

我不知道要怎么回答他,好在他没法从我的金属脸上找出破绽。

"哈哈,和你开玩笑呢!机器人现在也会忘事了?是不是电子组件被水泡过之后就不好用了呀?"康康拿我开起了玩笑,他背上自己沉重的行囊,赶往下一个快件的送货地址。

康康来过之后,我意识到一个严重的问题,他对我所说的有关于昨天的事情,我都一无所知。

到底发生了什么,会让我丧失了一天的记忆?

还是先把做中式早餐时弄脏的衣服脱掉,丢洗衣机里洗洗吧。

走进洗手间,才注意到有人动过洗衣机,它从原本靠墙的位置被移了出来,不搭调地杵在半中间。

以为是警察搜查时搬动过,我没有细想,将它推回了原位。洗衣机出乎意料的重,从透明的圆形翻盖能看见洗衣机里塞满了东西,我打开翻盖,想要拿出里面的衣服,没想到,居然拽出了一件跌破眼镜的东西。

从走进洗手间我就有异样的感觉,终于得到了验证。

我拽出的是一截手臂。

一条女人的前臂,我认得出手腕上的手表是女主人杨茜最爱的牌子。

这条手臂被保鲜膜和保鲜袋包裹得很完好,如同超市里冷冻柜里的食物一样,超出常识地将尸体藏在洗衣机里,又密封处理,难怪连搜查的警察也没有发现。

我继续从洗衣机里取出一块块的身体：大腿、小腿、躯干、头颅……总共十块，不看脸我也知道这是女主人的尸首。头颅的后脑勺上有一块明显的凹陷，看起来女主人是被人从身后偷袭，继而遭遇杀害、分尸的。假若我是凶手，洗手间里玻璃的淋浴房是不错的分尸地点。

这样的场面相信人类的消化系统一定会受不了的。

尸体的身份并不让我意外，但是被切成十块的尸体，居然是不完整的。我清点以后，才发觉缺少了右小腿。

既然已经分尸，为什么还要带走一块呢？就算为了掩盖死者的身份，也该带走头颅才对。

虽然丢失了昨天的记忆，好在我的判断和分析能力还在，从今天我睁眼开始推理，所有奇奇怪怪的事情终于可以全部串联起来了。

这一切要归罪于尚未修复的我，在车祸中损伤到的大脑，对于机器人的三大法则的严格执行出了差错。今天醒来时，我手里的两件东西正是杀害小畅和女主人杨茜的凶器，一只闷死小畅的枕头，一只砸死杨茜的花瓶。事情一定是发生在凌晨，主人和小畅入睡以后，晚归的杨茜可能没带钥匙，在我为她开门的时候，不知是不是有外部因素，我发生了故障，打晕杨茜把她拖进了洗手间，门边墙上的血迹正是那时候飞溅上去的。为了隐瞒真相，我肢解了她的尸体，为了不让尸体腐烂发臭的气味散播开来，用厨房里的保鲜膜封起了尸块，一块块放进洗衣机里，打算趁主人不在家的时候再去抛尸。

也许就在这个过程中，我惊动了睡梦中的小畅，她抱着自己的枕头，站在洗手间门口揉着睡眼惊慌失措地看着正在分尸的我。我想象着这样一副光怪陆离的场景，一个曾经救过小畅生命的机器人，却残害了她的母亲，紧接着也灭了作为目击者小畅的口，彻彻底底违反了机器人三大法则。

在谋杀这件事上，机器人与人类不同，我们不需要阐明动机。一代棋王古德科夫被他的机器人对手电死在棋盘上，结果也只能认定为事故，留给后人无尽的遐想。

我今天所做的事情，只有一个目的——隐藏罪行。我已经死过一次了，不想躺在阴暗的废品回收站里，被人论斤称量。

处理小畅尸体的各种手段，是为了延后十个小时的死亡时间，制造出不在场证明。而意外出现了新的尸体，让我原本的计划不得不做出改变。如果无法统一两具尸体的死亡时间，那么所有的伪装都会失去本来的效用。

早上醒来时我抓在手里的蓝色花瓶，是敲击杨茜后脑勺的凶器，我从门口柜子上取走这只花瓶，用康康快递来的那只水瓶替代了它的位置。

打开窗户，没有玻璃的阻隔，温暖的阳光直射在家具上，屋子里变得暖和起来。我把蓝色花瓶装在了塑料袋里，用工具箱里的榔头把它砸得粉碎，这样就没有拾荒人会把花瓶捡去而留下证据了。

今天第一次出门，要去的地方也就是五十米外，小区草坪旁的垃圾筒。垃圾筒的位置紧邻着小区的铁网围墙，同时恰巧也在小区监控摄像头的范围之外，所以时常有拾荒人将手伸进铁网内，在垃圾筒里翻寻，搞得一塌糊涂。

我走到垃圾筒跟前，把装着花瓶碎片的垃圾袋放到了垃圾筒的最底层，再把其他垃圾都堆在了它的上面。

忽然，我正捏在手里的一个袋子破了，里面的碎片撒了一地，从花纹和颜色来看，应该和康康今天送来的那只水瓶很相近，因为是我挑选的礼物,所以对这个水瓶格外熟悉。环卫车每天傍晚都会来回收垃圾筒里的垃圾,而和这包碎片混合在一起的垃圾里夹杂着报纸、牛奶盒,那上面印的是昨天的日期,这个花瓶应该是昨天中午以后才被扔掉的。

这个水瓶很难买到,同一个小区里居然会有同样的一只,这是凑巧吗?康康今天送来了一只水瓶,那么原本我送给主人的那只水瓶又在哪里呢?

我将地上一片片的玻璃碎片收拢起来,将它们放进了我的垃圾袋里,让两个花瓶的碎片混杂在一起,如真相一样扑朔迷离,沉入茫茫的垃圾之中。

几步之外的铁网延伸到了小区边缘,那里的草坪上,有一件东西吸引着我。

一块随处可见的红砖,正压着一片布,时有时无的微风让那片布不安分地骚动着。

移开砖头,布片上印着卡通猫的图案,那是小畅最爱的口罩。

怎么会在这里?我低头看见口罩下的草坪有被挖过的痕迹,成群结队的蚂蚁在草丛中爬行,那下面一定有什么。

我刨去已经松动的土块和青草,手指向更深处挖去,很快我就有了收获。从地下传来塑料的摩擦声,顺着声音我把洞扒得更大了,而我的手沾上了不知从哪儿来的黏液。

我摸到了一块硬邦邦的东西,经历了惊奇的整整一天,对于地下所埋之物,我已经失去了猎奇的惊喜。

土里埋的正是女主人杨茜尸体所缺少的那条右小腿。

与此同时,看着爬满恶心昆虫的腐烂残肢,我领悟到自己为什么要将小腿埋在土里。

答案依旧是为了不在场证明。埋在泥土里的尸体腐烂速度会比通常情况下慢，由于杨茜的尸体经过了包装处理，考虑到法医验尸时会采取尸体上的昆虫，作为死亡时间的判断依据。所以在不方便将整具尸体搬出房子埋进泥土里的情况下，用分尸的手段将一部分的尸块拿来培养昆虫，将死亡时间往后推延。

只要把这截腐烂生虫的小腿放回杨茜的尸块中，就完成了不在场证明伪造的最后一块拼图。这难道是失忆前的我所做的准备工作吗？

我给不了自己正确的答案。

我没办法拿着杨茜的小腿从小区监控摄像头前大摇大摆地走回去，也不能把包裹弄破，将腐臭的尸块放进胸腔的空间里带回家，那样会在我的身体内留下难以消除的证据。

冬天天黑得早，刚才还明亮的天空，一眨眼工夫太阳躲进了晚霞的掩映中，西边的天际泛起一抹胭脂红。

一天的时间过得飞快，快到主人下班回家的时间了。我回过神来，才意识到必须中断计划了。

"二百九十九、二百九十八、二百九十七……"预估主人还有五分钟到家，我开始了倒数。

我重新掩埋好泥土，把小畅的口罩放回砖头下面，作为今后可供我辨认的记号。

家里还有两具尸体等着处理，时间已经来不及了，从对着小区门口的窗户里可以看见，主人提着公文包回来了。

我用最快的速度把小畅的床铺整理干净，将电热毯放回原位，再将厨房里用过的器皿全都泡到了水池里。洗手间里还散落着一地的"杨茜"，我匆忙回到洗手间里，重新包裹尸块，再次放回洗衣机里，一切恢复成原貌,只是我身上的衣服没有时间洗了。

"三、二、一。"我正对大门站立着,恭候主人下班,这是我们每天的惯例。

"啪嗒!"

主人用钥匙旋开门锁,我的计划也许只得在夜晚再度实施。

主人会发现妻女的尸体吗,还是和往常一样窝在自己房间里沉溺网络,只在吃晚饭的时候才露个面?

门缓缓开启,他终于到家了。

5

机器人第零法则:机器人不得伤害人类整体,或袖手旁观坐视人类整体受到伤害。

"怎么还在?"主人第一眼没有看见我,而是拿起柜子上的水瓶,表情显得很诧异,喃喃自语道。

"主人,您好。"我站在原地和主人打招呼。

主人听见我的声音,手中的水瓶差点儿掉在地上,嘴唇颤抖着,一句话也说不出来。随后,他将不安的眼神瞟向了洗手间的方向,问道:

"今天家里没人来过吗?"

"没有。"

我的语气一如继往地冷静。

他紧锁着眉头朝我走来,表情从震惊慢慢变得冷静下来,拿出手绢将手里的水瓶擦干净后,递给了我:"去扔了它。"

程序的设定,让我无法抗拒主人此类的命令,依照他的吩咐,将水瓶装入袋子，用榔头砸碎后扔进垃圾筒，我已经做过一遍了，所以整个过程驾轻就熟。

不明白为什么主人看见我送的水瓶会如此反感，难道是知道我所做的事情吗？我偷偷观察着主人的一举一动，他从进门看见我的一刻起，就有点心神不宁。他没有如往常一样进卧室，而是转身离开了屋子。不一会儿，他拎着一个沉甸甸的袋子回来了，看见袋子上印着附近超市名字，原来主人是去买东西了。他似乎对家里的冷清没有很大的反应，连放寒假在家的小畅都没问起，总感觉他对家里发生的事情有所预感。

比起这个屋子，主人看起来更加反常。

他今天话特别少，自顾自从超市袋子里拿出一个花瓶，是漂亮的蓝色。摆在了门口的柜子上，遮住了柜子上的印记。

"你能别看着我吗？"主人对我怒道。

我转过头去，但依然开口说道："小畅有过敏鼻炎，家里不应该放花瓶。"

"附近超市只有这种瓶底的花瓶。"

"是为了盖住柜子上的印记吗？"

主人缓缓垂下了手臂，叹了口气说："你都知道了吧。"

外面天色已暗，没有开灯的屋子里，我和主人面对面在黑暗中彼此凝望着对方的轮廓。最后，我打破了沉寂，点点头承认道："是。我都知道了，主人。"

主人打开灯，屋子里瞬间亮了起来，主人也恢复了平常的和蔼，他问我道："你知道机器人三大法则吧？"

"是的。"我流利地背诵了一遍。

"没错。这三大法则是作为机器人的你必须遵守的。"主人指着我，神情中略带一丝痛苦地说道,"生产你的MPC公司有过承诺,但凡他们销售的机器违反了三大法则,所造成的损失将由MPC公司全部赔付。你上次在救小畅的时候,受到了非常严重的创伤,虽然MPC公司对你进行了大幅度的修理,可仍有一些顽疾是无法修复的。就像一辆出过重大事故的汽车,大修之后的状态总不如事故前。正是因为你的故障导致没有遵守三大法则,我的老婆杨茜和女儿小畅都被你杀害了,我不希望把你砸个稀巴烂或是也被你杀害,只希望能够把你送回MPC公司继续修理,而我也能够拿到那笔赔偿金。今天早上我叫了警察,没想到他们没有带走你。"

"我还有没完成的使命⋯⋯"

"这个家已经不存在了,没有使命需要你去完成了。"主人打断了我,"你回到你的底座上去,我替你充满电,通知MPC公司明天来带你走。"

"好的,主人。"我走到了自己专属的底座上,那里是我每天醒来的地方,每个晚上我都待在底座上,充满次日所需的能量。

我在底座上站定,主人走了过来,他弯腰替我打开了充电电源开关。立刻,我的胸前亮起了橘红色的灯光,那代表正在充电的状态。

身体开始微微发热,我不知道要对主人说些什么,大脑里只是一遍又一遍过滤着白天处理尸体时的计划,试图找出破绽加以完善,我一刻也无法停止大脑中这种无用的运算。

"我替你关掉开关吧。"主人绕到我身后,我后脑勺处的假发下,是我的总开关所在,关掉我大脑的总开关。我就会处于休眠状态。只是通常我会在第二天事先设置好的时间苏醒过来,而明天我应该会在修理厂里醒来才对。

就要离开我的主人,离开可爱的小畅了,如果我是人类的话,肯定会很失落，说不定还会流眼泪。只是这个家已经到了这步田地，哪怕我做得再多，也无法让这个家回到从前的样子。

"对不起。"本想道个别，但这三个字才是我现在该说的，我是一个毁了主人家庭的罪人。

主人的手指在我的开关上停住了，他在我耳边回道："是我对不起你。"

随后，他并没有按下我的开关，而是操作着其他控制键，他要删除我今天自动储存的记忆。

"一百一十九、一百一十八、一百一十七……"

记忆正在删除，我为自己关机倒数计时，主人连看都没有看我一眼就走开了，他的背影犹豫而又沉默，走路的样子也和平时不同，看起来不太自然，好像后背受了伤一样。也许是不愿意再面对我，也许他讨厌我倒数计时的声音，讨厌我的样子，讨厌我的一切。

无论他怎样对我，他永远是我的主人。

在我七零八落躺在修理台上的时候，MPC公司的工程师奉劝主人放弃对我的维修。

"陆先生，它损毁得很严重，而且零部件都被雨水浸泡过，就算修好了使用寿命也不会太长的，你要不要考虑放弃。"

"他是我女儿的救命恩人，也是我家里的成员，你会放弃你的家人吗？"主人反问道。

"修理的花费可能会接近你重新买一个机器人的价格，你可以买到一个几乎相同甚至更好的机器人，为什么不呢？"

"我只是不想让他和一堆破铜烂铁躺在一起。"主人对工程师摆摆手，阻止他继续说下去，"好了，你不用劝我了，我是他的主人，我希望他每天都能够活在我的世界里。"

工程师抿着嘴唇,敬佩地朝主人欠了欠上身:"我明白你的意思了!"

主人,谢谢你让我回到了这个家。

咔嗒——

这是我在世界上听见的最后一个声音。

我关机了。

6

每个机器人在关机之前,都会启动自检程序,以确保没有病毒侵害大脑的系统,而在这个过程中,所有被删除的记忆会被重新检索。换而言之,在那短短的几秒钟内,我可以读取失去的记忆。

深夜在门口失手杀害女主人杨茜,在洗手间分尸时被小畅发现,又残忍用枕头捂死小畅的人,并不是我,而是我的主人陆尧。

杀人后,他试图将所有的罪行推到我的身上,而我曾经被卡车碾压严重受损经历过大修这一点,成了他嫁祸的最关键因素,让我相信是未修复的故障导致我杀了人,这样他才可以领到MPC公司的那笔保险金。所以主人才坚持要将我修好后带回家,替他来背这个大黑锅。

今早醒来的我并非故障导致的失忆,而是被主人删掉了一天的记忆。那只我送的水瓶,和女主人后脑上的伤痕完全吻合,主人在袭击他的妻子时,那只水瓶被打碎了。他生怕那个留在柜子上的圆形水渍会暴露消失的凶器,所以急急忙忙去最近的超市买了相似的花瓶来弥补,可他忽略了小畅对花粉过敏,家里从来都不养花,一旦警察详细调查,就会发现这个破绽,所以我才扔掉了花瓶,买了和从前一模一样的玻璃水瓶回来。而他今天再次更换水瓶的原因,应该是怕警察追查他在超市刚买的花瓶的下落。

这只是我计划中小小的一部分，不在场证明的伪造是为了主人而不是我。无论是加热小畅的尸体，还是将女主人的尸块埋在土里，都是希望将原本在凌晨的死亡时间延后到主人的上班时间，他所有的同事都可以成为他的时间证人，而我则可以顺理成章地化身为一台"杀人机器"。

回顾今天的整个过程，主人在删除我的记忆后，将我醒来的时间设定在八点，比平时晚了一个小时，因为这个时间他通常已经在上班的路上，可以回避我被捕的场面。我醒来后警察就随即而来，一定是主人在路边的公用电话亭里打了报警电话。可我第一眼看见小畅的尸体时，就知道我不是凶手，在小畅的指甲里嵌着细微的皮屑，是在挣扎时抓伤了凶手，刚才看到主人转身时极不自然的后背，一定是被小畅伤到了那里。只是小畅黑色的指甲油覆盖住了指甲缝里的污垢皮屑，主人才忽略了这一点。而另一个让我认定凶手就是主人的原因，是在杀害小畅后，将她的尸体抱回床上盖好被子，并将拖鞋摆放整齐的，除了我，只有主人陆尧才会这样做，排除女主人的原因是她显然缺乏足够的臂力。

女主人的尸体一定是经我处理过了，切割尸体的手法，包裹密封的尸块，还有埋在草丛里培养蛆和蚂蚁的小腿，都不是主人能够想到并且实施的点子，我从储存的知识中提取这些内容，才能像一个职业杀手一样做到这些。还有一点，草丛里找到的那只小畅的口罩，应该也只有我会拿它做标记了吧。

即使杀死女主人的凶手不是我，但我对女主人做出残忍的事情，是依照了三大法则之外的第零法则：

机器人不得伤害人类整体，或袖手旁观坐视人类整体受到伤害。

在小畅和女主人相继死去,这个家庭里唯一留下的主人,便是我所理解的人类整体。死去的人已经离开,就算主人被捕也无法挽回生命,可主人会因为谋杀而被判死刑,我不能对此不管不顾。

完成我的整个计划后,我打算用家里的电话报警,现场的情况会让警察断定是我趁主人不在家的时候,用枕头闷死了小畅,又用水瓶砸了女主人的后脑勺后将她分尸,而我虽然是个机器人,但在人类的世界无论干什么都需要理由,所以我为调查此案的刑警准备了能够从我身上找到的杀人动机:被小主人恶言相向,即使舍身救了她,也没有得到任何的好感。大修后的某种缺陷导致我拥有了人类的原罪,杀死了她们。

细节上的各种准备,是为了对付那些用资料和证据说话的法医的,当一切都可以说通的时候,伪装过的细节反而更能增加可信度。

只是我还想到了遗漏之处,大门旁墙上的血污,从喷溅的角度可以判断出袭击时凶手的位置、姿势和身高。厨房里浸泡着还未清洗的厨具,会发现我制作小畅胃中消化物的残留吗?而最大的问题是那截被我埋在土里的小腿,主人是否会记得挖出来,同其他尸块摆在一起?

我本可以做得更好,但是主人清除了我的记忆,令再度醒来的我记不清这点滴的细枝末节。

不过在主人去超市买花瓶的空隙,我打电话又订购了一只玻璃水瓶,店主承诺明天就会送到。那才是和杨茜后脑勺伤口吻合的真正凶器,用花瓶冒充只会露出更多的破绽。

我知道主人欺骗了我,不会有MPC公司的人来领走我,如果真如他所说,就没必要删除我的记忆了,我是唯一的替罪羊,也是唯一可以推导出他谋杀的证人,所以我必须以一种连自己都相信自己杀了人的状态被逮捕才行。

好在我只是一个机器人，况且在车祸的时候就已经死过一次了。

主人一念之间毁灭的家庭，就由我来背负所有的罪恶吧！

小畅，对不起！

女主人，对不起！

短短几秒的自检程序完毕，我陷入了一片黑暗。

7

我睁开眼睛，此刻的时间是一月十五日早晨八点整。

我的起床时间比平时整整晚了一个小时。

低头看见自己两只手里分别拿着一个枕头和一只蓝色花瓶，衣服也显得有点脏，今天和我那么多个醒来的早晨都很不一样。

"开门！"传来了敲门声。

"哪位？"

"警察！"

茫然地走到门边，看见门边柜子上原本的水瓶不见了，只留下一个空洞的圆形水渍，我想了想，顺手把手里的蓝色花瓶摆了上去。

腾出一只手，我拧动门把，打开了大门。

外面又是一个和煦的冬日。

迎着阳光，我问候道：

"您好！"

图书在版编目（CIP）数据

推理作家的信条 / 王稼骏著． —北京：新星出版社，2018.8
ISBN 978-7-5133-3164-7

Ⅰ．①推… Ⅱ．①王… Ⅲ．①推理小说 – 小说集 – 中国 – 当代 Ⅳ．① I247.7

中国版本图书馆 CIP 数据核字 (2018) 第 170125 号

推理作家的信条

王稼骏 著

责任编辑： 王　萌
责任校对： 刘　义
责任印制： 李珊珊
装帧设计： Caramel
封面绘图： Q先生

出版发行：	新星出版社
出 版 人：	马汝军
社　　址：	北京市西城区车公庄大街丙3号楼　　100044
网　　址：	www.newstarpress.com
电　　话：	010-88310888
传　　真：	010-65270449
法律顾问：	北京市岳成律师事务所

| 读者服务： | 010-88310811　　service@newstarpress.com |
| 邮购地址： | 北京市西城区车公庄大街丙3号楼　　100044 |

印　　刷：	三河市文通印刷包装有限公司
开　　本：	910mm×1230mm　　1/32
印　　张：	6.5
字　　数：	102千字
版　　次：	2018年8月第一版　　2018年8月第一次印刷
书　　号：	ISBN 978-7-5133-3164-7
定　　价：	38.00元

版权专有，侵权必究；如有质量问题，请与印刷厂联系调换。